歌、燃えあがる炎のために

歌、燃えあがる炎のために

フアン・ガブリエル・バスケス
Juan Gabriel Vásquez

久野量一 訳
KUNO Ryoichi

フィクションの楽しみ

水声社

フィクションの楽しみ

目次

カルロタとマルティナ、
旅の同伴者へ

我々の運命、大陸のように広大で、
あの死すべき記憶である
神聖で些細な思い出は、
彼を執拗に追い詰めるだろう。
——ホルヘ・ルイス・ボルヘス「結末」

私の記憶は誰のものなのか、私は知りたい。
——ホルヘ・ルイス・ボルヘス「オール・アワ・イエスタデイズ」

川岸の女

I

ぼくは、その女性写真家が語ってくれた物語をずっと書きたいと思ってきたが、彼女が許してくれるか黙認してくれるかしないかぎり、書くわけにはいかない——他人の物語は侵してはならない領域なのだから。少なくともぼくはそのようにずっと思ってきた。その理由は、そうした物語にはごく頻繁に、人生を決定づけるか、人生を特徴づける何かが刻印されているからで、それらを盗んで書くことは、秘密を明かすよりももっと質が悪い。ところが、さして重要ではない理由から、彼女はぼくが横取りすることを許してくれた。ただし、その代わり、その晩彼女が語ったとおりに語るという条件つきでだ。修正なし装飾なし。華々しさもいらないが、何かを意図的に書かないこともしない。「私がはじめるところからはじめてください」と、彼女はぼくに言った。「私が牧場に着くところから、私がその女を見たときからはじめてください」だからぼくはここでそうするつもりだ。ぼくは、ぼく自身が彼女に見出された一つの語りであることを十二分に自覚している。その語りを通じて彼女は、他人の手によって自分の物語が語られるのを見る。そうすれば彼女は、いつも自分からこぼれ落ちていったものが何かわかる。あるいはせめて、それがわかりかけるのだ。

その女性写真家は長い名を持ち、姓も長かったが、みんなは彼女をホタと呼んでいた。彼女は長い年月とともに、一種の伝説的な存在に、特徴が伝わるあの重要な人の一人になった——いつも黒い服を着ていること。自分の命を救うためであってもアグアルディエンテ酒を口にしないこと。人とのんびり話していると、急にリュックサックからカメラを取り出すことも知られていた。そしてジャーナリストたちは、自分が調べた内容ではなく、彼女が覚えている内容を題材に幾度となく記事を書いた。他の写真家たちは、気づかれていないと思って彼女を追いかけ、偵察し、彼女が見ているものを見ようとして彼女の後ろに立ったが、成果は得られなかった。彼女はどの報道写真家よりも熱心に(そして感情移入して)暴力を撮影し、彼女の写真はぼくたちの戦争について最も心を引き裂くイメージになった——ゲリラのガス・シリンダーに吹き飛ばされた教会、天井のないその教会の瓦礫の中で涙を流す老婆のイメージ。すでに傷痕になった、ナイフで彫られたイニシャルのある少女の腕のイメージ。彼女の目の前で彼女の息子を殺した準軍部隊《パラミリタール》のイメージ。ところがいま、幸運に恵まれたいくつかの地域で状況が変わってきた。暴力は後退し、人びとは静けさに似たものを再び知るようになった。ホタは時間のあるときにそういう場所を訪れるのが好きだった。ひと息つくために、自分の日課から逃れるために、あるいはただ単に、かつてはありえないと思っていたその変化を直接見届けるために。

こうして彼女はラス・パルマス牧場に着いた。牧場は、彼女を招待してくれた一家がかつて所有していた九万ヘクタールのうち残っていた部分にあたる。ガラン家は平原地帯から一度も出たことがなく、古い屋敷を建て直すつもりもなかった。そこで満足気に暮らし、手なづけた雌鶏と一緒に裸足で土の上を歩いていた。ホタは二十年前にその屋敷を訪れたので一家とは知り合いだった。そのときガラン家は、ボゴタで農学の勉強をするために家を出た娘が使っていた部屋をホタに貸し、その窓からホタは、水の鏡を眺めた。一家は、あまりに穏やかなので湖に見える幅百メートルほどの川をそう呼んでいた。カピバラが流れに妨げられずに川を渡ったり、水の中からときどきワニがぴくりとも動かずに浮かび上がったりした。

今回の二度目の訪問でホタは、他人の物に溢れたその部屋ではなく、ベッドが二つと、その間にナイトテーブルの置かれた客室という、誰のものでもない快適な空間で眠ることになる。（しかし彼女は結局ベッドを一つしか使わないのだが、どちらを選ぶか苦労した）。それをのぞけば、以前と同じだった——カピバラとワニはそこにいた。水は穏やかで、その静けさは干魃のせいでひときわ強く感じられた。なによりも、そこには人がいた。ガラン家は調達物を買いに行くほかは牧場を出るのが面倒で、世界のほうを自分たちのところに来させていたのだろう。屋敷のテーブル、炭火を使うキッチン横にある巨大な木板は、どんなときでもあらゆるところから来た人びと、近隣の牧場やヨパルからの訪問客、娘がいてもいなくても訪ねてくる娘の友人たち、それぞれ自分の問題を語りにやってくる動物学者、獣医、牧場主でいっぱいだった。今回もそうだった。みんなは二時間か三時間車を運転してガラン家の人に会いにきた。ホタは七時間運転し、しかもそれが心地よかった。ガソリンを入れるときに休憩時間をとり、古いジープの窓を開けて街道の匂いが変わっていくのを楽しんだ。どことなく惹きつけられる場所というのがあって、たぶんはっきりとした理由はない（つまりぼくたちの神話や迷信によって作られるのだ）。ホタにとってラス・パルマス牧場はそういう場所のひとつだった。そして彼女が求めていたのは、かつて暴力に支配された場所で、スプーンの形をした嘴の鳥や、樹をおりてマンゴーを食べるイグアナに囲まれて、静かな数日間を送ることだった。

そういうわけで彼女は到着した夜、白い光を放つ蛍光灯の下で、肉とバナナの切り身の付け合わせを、明らかに互いを知らない十数人の見知らぬ人たちの横に座って食べていた。いろんなことが話題になった——この一帯がどれほど平和になったことか、脅迫がないのはどういうことか、めったに家畜が盗まれなくなった、とか。そのとき、到着したばかりの女の挨拶が聞こえた。「みなさん、こんばんは」《ブエナス・イ・サンタス》彼女は言った。

ホタが他の人と同じように女に挨拶しようと顔を上げると、女が誰も見ずに「失礼」と言ってプラスチックの椅子に近づくのが見えた。知り合いだと思った。思い出すのに、同じラス・パルマス牧場で二十年前に知り合ったことがある、とわかるのに数秒かかった。しかし女はホタを覚えていなかった。

そのあとで会話がハンモックと揺り椅子の上に移ったころ、そのほうがいい、とホタは考えるだろう。

ホタが誰だかわからないほうがいい。

II

さかのぼること二十年前、ヨランダ（その女はそういう名だった）は委員会の一員としてやって来た。見張られた獲物のような態度、緊張した歩き方、まるで急いでいるかのような、あるいは使い走りのようなあの動き方が、ホタは最初から気になった。実際よりも生真面目に、とりわけ委員会グループの男たちの誰よりも生真面目だと見せたがっているようだった。初日の朝食の間、ペタンクのボールのような乾いた音を立ててマンゴーが落ちてくる木の下にテーブルが移されたとき（そう、そこはイグアナが見張っていた）、ホタは女をじっと見て、女が話すのを聞き、男たちをじっと見て、男たちが話すのを聞いた。そして、彼らがボゴタから来ていて、周囲の者たちが下手に出て、敬意さえあらわして話しかけている口髭の男が第二線にいる政治家で、その一帯の地主たちは政治家に支援を求めているのを知った。ドン・ヒルベルトと呼ばれていたが、名で呼ばれているということは、姓や肩書きで呼ぶよりも尊敬が込められているのを、ホタはなんらかの理由で察知した。ドン・ヒルベルトは誰も見ずに、また誰の名前も呼ばずに話すのだが、その言葉や示唆や命令が誰に向けられているのかをわからせるタイプの一人だった。ヨランダは背筋をぴんと伸ばして彼の横に座っていた、まるでノートにメモを書いたり指示を受けたり、口述で書いたりする準備ができているかのようだった。ヨランダはベンチに座ると（外には椅子がなく、木の板のベンチがあるだけで、テーブルにいる人が笑いながら声をかけて一斉に持ち上げないと座れなかった）、自分の皿とカトラリーを、男のそれから引き離した——わずか五センチ程度とはいえ、ホタはその仕草に気づき、何かを雄弁に物語っていると思った。彼らの隙間にある明るみ、触れ合わないようにする入念な仕草は、何かが起きていることを示していた。

次の選挙が話題になった。共産主義の脅威から国を守る話になった。数日前に川であがった死体の話になり、みんなは、死んだ男が何かをしたにちがいないという点で意見が一致した——原因がなければそういうことは起きない。ホタはその日の朝、車で三十分のところにある家を訪れた話はしなかった。そこでは学校の教員が、子どもによからぬことを吹き込んでいると咎められ、その責任を問われ、若い生徒たちへの戒めとして首が刎ねられたのだった。ホタは、教員の頭部を教壇で見つける運命になった生徒の姿を撮影した写真についても話さなかった。その代わり、平原地帯の音楽について話した——テーブル客の一人はその音楽の作詞家だった。ホタはそのうちの一曲を聞いたことがあり、コーラス部分の歌詞、騎手が馬で駆け回って午後の太陽が唇の色になるところを歌って聴かせて周りを驚かせた（そして自分も驚いた）。ホタは、不適切な方法で目立ってしまったかもしれない、と感じた。さらに、自分がヨランダを安心させたとも感じた。男たちのヨランダへの眼差しは軽いものになった。言葉に出さないが、ヨランダは自分に感謝していると感じた。

食後のコーヒーの前に、ガラン氏は言った。

「今日の午後、お望みの方は乗馬ができます。マウリシオが案内しますので、地所をご覧いただければ」

「何か見るべきものでもあるのか？」政治家は言った。

「ええ」ガランは言った、「ここではどんなものも見えます」

ホタはビールと黒砂糖水《アグアパネラ》を代わる代わる飲みながら、緑のハンモックの中でうたた寝をしたり、ヘルマン・カストロ・カイセドの本を読んだりして時間を過ごした。約束の時間に厩舎に行った。

そこでは、鞍をつけた馬が四頭、水平線の同じ一点を見つめていた。案内役の男はズボンの裾を捲りあげ、腰にナイフを差していた。ホタは、ひび割れた男の裸足の肌に目がいき、それは、渇ききった土地のような、水がなくなった河床のようだった。男は、客がそれぞれ自分の馬に乗るときに、腹帯を締めつけてあぶみを下げたが、客の顔は見なかった。あるいは彼は少なくとも、そういう印象を引き起こす男だった——両頬はこわばり、目ではなくて溝があるだけだった。男は、ホタにはかなり痩せているように見える馬を指さした。そのあと乗ってみると鞍の座り心地が良く、不服があったことは忘れた。みんなで出発したとき、ホタは政治家が来ていないことに気づいた。そこにいたのはヨランダと、ヨランダと一緒にきている三人だった——もみあげを入念に揃えている男、髪を綺麗になでつけている男、そして話すときに舌足らずで、それを隠すためかコンプレックスを和らげるためか（一定の攻撃性を持って）大きな声で話す男。

空をさえぎるものは何もなかった。黄色い光に顔を照らされながら乾燥した大地を進み、周囲には牛やカピバラの頭蓋骨が転がり、注意深いハゲワシに見張られていた。暑さは和らいでいたが、風はなく、ホタは背中の下のほうに汗をかいていた。ときどきわずかに腐敗した臭いがした。ホタの鞍には、硬い皮革の痛みを和らげるために羊毛の敷物が置かれていたが、二度ほどギャロップを試みると、二度とも骨盤が痛んだので、何かが悪さをしているにちがいなかった。結果として彼女は最後尾から集団を見張っているようなかっこうになった。前のほうでマウリシオはあちこちを指差していたが、口は開いていないのか、とても小さな声で話しているので、ホタには聞こえなかった。大したことではなかった。彼の腕が向かう先を探せば、珍しい色の鳥、巨大なクマバチの巣、アルマジロが見つかり、一行は感嘆の声をあげた。

あるところでマウリシオは停止した。周りに静かにするよう仕草を送り、ホタなら森と呼ばないような、樹々の集まりを指差した。奥には、あたりの匂いを嗅いでいるかのように頭を持ち上げた鹿が一頭いた。

「素敵」ヨランダはつぶやいた。

事故が起こる前に、ホタがヨランダの声を聞いたのはそれが最後だった。一行は再び進み出し、そこであっという間にことが起きた。ホタはその出来事に、出来事が起きた一連の流れに気づかなかったが、のちに説明で溢れかえることになる。ヨランダが手綱を離した。馬がギャロップをはじめた。ヨランダが両足をきつく締めた（バランスを取ろうとする人の反射的な行動だ）。そして馬が暴走した。最後の場面はホタも見た。馬が素早く向きを変え、牧場に向かって突然疾走し、ヨランダは首にしがみつくしかなかった（手綱を探そうともしなかった。あるいは探したが、落馬しないようにしていたのでつかめなかった）。そしてそのとき、マウリシオも奇跡的な、ホタがこれまでに見たことのないような手綱捌きで走り出し、自分の馬で反抗する馬の道を塞ぎ、自分の乗る馬と自分の体で体当たりして馬を倒した。信じられないほど巧みな動きだったので、マウリシオは瞬間的には英雄（危険な状況を根こそぎ阻止して、大ごとになるのを防ぐ英雄）になってもおかしくなかった。もしヨランダがまずい方法で前方に放り出されなければ、彼女の頭部が地面に、土埃に覆われた岩が顔を出している乾いた亀裂にぶつからなければ。

ホタは助けようとして（踊り手のひとっ飛びで）馬を飛び降りたが、できることは何もなかった。マウリシオはその代わり、鞍袋から無線電話を取りだして牧場の人を呼び出し、車を寄越し、医者を探すように言った。倒れた馬はすでに立っていた。そこにじっとして、どこも見ていなかった。家に戻ろうという衝動は忘れていた。ヨランダも、じっと動かずに腹這いの状態で、目を閉じて両腕は体の下に入れていた、まるで寒い夜に眠る少女のように。

その後、ガラン氏がヨランダを街の診療所に連れて行ったとき、例の平原《リャネロ》の男の行動について大いに議論になった。彼は馬を倒すべきではなかった、と言う人たちがいた。一方、暴走する馬は、乗り手にしてみれば、好きにさせればさせるほど危険なのだから、彼の行動は正しかったと反論する人たちもいた（速度、バランスを取る難しさ）。かつての逸話が語られた。体が不自由になった子どものこと。平原では落馬の仕方を習うという話。ドン・ヒルベルトは、心配というよりは怒り、周囲の人がぞんざいにした玩具の持ち主の怒りのような何かに駆られているのか、歪んだ表情をして、黙って議論を聞いていた。もしかすると、ホタは彼を正しく理解していなかったかもしれない。

彼の沈黙を読み解くのは難しかった。しかし夜になってガランが診療所から電話で最新の状況を伝えたとき、彼は動転している様子だった。すでにカラフルなハンモックに横たわり、アグアパネラが入っていたグラスでウィスキーを飲みはじめていたが、ハンモックを揺らさず、汚れた爪の足で敷石をしっかりつかまえていた。彼の存在すべてが何かを問うていた。彼は伝えられた情報に満足していなかった。

ヨランダは昏睡状態だった。左腕はひどい打撲を受けていたが、どこも折れていなかった。その代わり頭部は即死してもおかしくない衝撃を受け、その先を予測できない血腫を起こしていた。医師たちは血圧を下げるためにすでに穿頭していたが、予断を許さなかった。別のもっと正しい言い方をすれば、残っている多くのリスクを列挙することはまだできなかった。「まだ大丈夫とは言い切れない」と、ガランと話した男が言った、たぶん、医者がガランに使ったのと同じ言葉を繰り返していた。その男は、委員会のメンバーの一人、最も腰が低く、最も目立たない人物だったので、その彼が、固い地面との衝撃で皮膚が擦り切れたことや、腫れてどす黒くなった顔について説明するのを聞くのは奇妙に感じた。ドン・ヒルベルトはその言葉を、口元に気難しいしかめ面を浮かべながら受けとめ、ウィスキーをもう一杯自分で注いだ。ホタは、権力というものがまとうその奇妙な形態について考えをめぐらせた。つまり、我々にとって重要な人の運命を我々に知らせるのは、下っ端、すなわち助手、雇われ人なのだ。おそらくそれが理由でホタは、その男が心配しているということ以前に、何か冷たいものを、何らかの距離を感じた。

夜の零時を回ると、ドン・ヒルベルトは酔っ払ったのか、あるいは酔っ払いのような口の利き方になって、引き下がった。ホタはもう少し残り、隣の部屋に怪我をしたヨランダがいるかのように、押し黙ったり、声を出すとしても、ささやくようにして会話の時間を過ごした。舌足らずな男も酒を何杯か飲み、余計なほど注がれたウィスキーをホタにも飲ませようとした。飲むふりをしていると、周りは、ホタがいないかのように話しはじめたので、彼女は突然、自分が透明人間になったように感じた。

「ボスは怯えている」一人が言った。

「それはそうだ」もう一人が言った。「よりによって」

「ヨランダだから、それに彼は……」

「そのとおり、ヨランダだから」

「ヨランダに何かあったらボスは終わりだ」

「本当にそう、何かあったら終わる」

さまざまな声が混じり合っていた。一つの声はあらゆる声だった。ホタは疲れを感じはじめた(他人の感情によってすり減らされるあの油断のならない疲労だ)。ハンモックに身を埋めていると、誰かに包んでもらっているように感じた。いつの間にか眠っていた。

目を覚ますと、残りの者たちは各自の部屋に戻っていた。ハンモックのある通路の電灯は消えていたので、ホタはほとんど影も見えない薄暗い場所にいた。燃えた油の匂いがした。

夜を満たしている唯一の音は、名前のわからない蛙と虫の鳴き声だった。遠くで輝いている電球のおかげで、寝っ転がった犬やゼラニウムの植木鉢のあいだをどうにか歩いてオープンキッチンまでたどりつき、冷蔵庫を見つけた。アグアパネラに氷を入れて、みんなと同じように部屋に戻ろう。次の日になったらその女性の容態を訊ね、午前中は牧場で過ごし、写真を何枚か撮ったら昼食をとってボゴタに戻ろう。そう決めた。しかし、アグアパネラを木製の大テーブルのところでコップに注いでいるそのとき、彼女の目線といえば、ワニが夜に出てきているのだろうと思って、静かな川を探していた。ワニは見えなかったが、川岸で立っている大きなカピバラくらいの影が見えた。ホタは木の囲い壁まで進み、そしてそこから、暗闇に慣れてきた目はソンブレロ帽、次いで腰掛けている男、その後それがドン・ヒルベルトだと認めた。そのあとで彼女は、なぜベッドに向かわずに男に近づこうとしたのか考えるだろう。もしかすると朝食のときに目にしたことが原因なのか？あるいはヨランダの上司が一人で心配していたからなのか？

「こんばんは」彼の近くに着いて彼女は声をかけた。

ドン・ヒルベルトは振り返りもしなかった。「どうも、お嬢さん」と興味なさげに言った。

ホタは彼がずっと飲んでいたことがわかり、彼のそばにいることが賢明かどうか迷った。しかしどこから来るのかわからない好奇心は、警戒心よりも強かった。男は草の上で、川岸のそのあたりで自信がないように育っているまばらな草の上で、両膝を両腕で包み込み、背中を丸くして座っていた。ホタはカピバラの糞のない場所を探して、許可は求めずに、男のそばではないが会話ができるくらいには十分に近づいて腰掛けた。夜になると水面に月がうっすらと映り、ホタは月が海に作る光跡を何と言うのかを思い出そうとした。しかし思い出せなかった。そもそもここは海ではなく、東部平原の静かな川で、ここには光跡ではなく、白っぽい、か弱い輝きがあるだけだった。

ホタは手を差し出して、名前を言った。

「ええ、あなたが誰かはもう知っています」ドン・ヒルベルトは言い、子音の発音に苦労し、呂律が回っていなかった。「写真家でしょう？　ボゴタから来た」

「すごい記憶力ですね」ホタは言った。「でも政治家ってそうですよね、世界中の人のことを覚えています」

ドン・ヒルベルトはそのことには何も言わなかった。ホタは付け加えた。

「あなたの部下のことを、大変残念に思います」

「はい」ドン・ヒルベルトは言った。「こんなどうでもいいことをどう思いますか？」

どうでもいいこと？　ヨランダは昏睡から覚めたとしても、脳に重大な欠陥を抱えたり、運動機能は戻らないかもしれない。昏睡から覚めずにあの人工的な夢に巻き込まれたままで、日常生活には戻れないかもしれない。それはどうでもいいどころの話ではない、とホタは思い、自分の好奇心は間違っていなかったと思った。

「私だったら、そういう言い方はしません」ホタは言った。「ことは重大です。あなたは心配ではないのですか、その……?」

「ことが重大だというのはわかってる」ドン・ヒルベルトはさえぎった。

「もちろん」ホタは言った。「私はなにも……」

「お説教はしないでもらいたい、あなたは彼女を知らないのですから」男は言った。「わたしは違う。彼女が誰で、今後どうなるかもわかっているのです」

彼は途中で話をやめた。「ごめんなさい」ホタは言った。「言い方を間違えました」

「もし彼女が死んだら、それはわたしのことだ、あなたのことじゃない」

「はい」ホタは言った。「すみません」

すると男は、両足の間からアルミニウムの水筒を取りだして、コップ代わりの蓋を外してひとくち飲んだ。アルミニウムは静かな水面のように白い光の弱々しい輝きを放った。その後、ドン・ヒルベルトはもう一杯注ぎ、ホタに差し出した。

「結構です、ありがとうございます」彼女は言った。受けとったら間違ったサインを送ることになると思った。

男は飲み干して水筒に蓋をした。「あなたはどうなると思いますか？」男は訊ねた。

「彼女のことが？」ホタは馬鹿なことを言った。「わかりません、医者ではないので。こういう場合には後遺症が残るかもしれないという話ですが」

「そうだ、しかしどんな後遺症なんだ？　例えば身体が不自由になるということか？」

「わかりません」彼女は言った。「そうですね、そうかもしれません」

「あるいは頭がきちんと働かないとか？　理解できなくなる、つまり記憶喪失になるとか？　全部忘れてしまうのか？」

「なるほど」ホタは言った。「あなたは彼女の知っていることが気がかりなのですね」

ドン・ヒルベルトははじめて首を動かして（彼の体勢では容易くなかった）、ホタを見た。薄闇だったが、ホタは彼の半開きの目のなかに、酒を飲んだ男のあの眠気を見た。いや、眠気ではなかった。なにかが目に入り、目つきを苛立たせているようだった。

「どういうことです？」ドン・ヒルベルトは言った。「どういう意味ですか？」

「いいえ、なんでもありません」ホタは言った。「彼女はあなたと働いていて、おそらく重要なことに通じているし、大切な情報を知っているのでしょう。それだけです」

ドン・ヒルベルトは再び川を見た。

「重要なことに通じている」男は繰り返した。

「ええ」ホタは言った。「私の想像です」

「確かにそうだ、あなたの言っているとおりだと思う」ドン・ヒルベルトは言った。もう一杯ウィスキーをアルミニウムの水筒の蓋に注ぎ、その後、何かに急きたてられているようにもう一杯飲み、話し続けた。「しかし人は何も知らないものです、そう思いませんか？　人はああいう人の頭の中で何が起きているかわからない。ああいう事故に遭った人のことだ。ヨランダのような。わたしの助手。ヨランダ、わたしの助手。昏睡状態で、元気になるかもしれないし、そうではないかもしれない。いまは昏睡状態だ。その頭に何が起きている？　目が覚めたときに何を思い出すのか？　何も忘れないのか？　あんたの言うとおり、大切な情報だ。わたしと働いてきたこの何年間にわたるあらゆる情報だ。いくつかあるよ、三つ、あるいは四つかな。最近は多くのことを知るからな、そうじゃないか。重要なことに通じている。忘れてしまうのかもしれない、そうなんだろう？　あなたはそう言ったよな。もちろんそれがわたしの心配していることだ。彼女の知っていることがすべて失われてしまうのが。それがありうるとあなたは思っているのか？　彼女が目を覚まし、それらのことを忘れてしまうと、そんな簡単に？　あなたはそうなると思っているのですか？」

「はい」ホタは言った。「悲しいことですが」

ドン・ヒルベルトは喉元で曖昧な音を立てた。同意だったのか、諦めだったのか？　蛙が鳴いていた。ホタには蝉の鳴き声にも聞こえたり聞こえなかったりする何かが響いていた。少ない光の中で手首を覗き込み、深夜二時を回っていたのがわかった。夜になって気温が下がり、その男との会話には居心地の悪さ、不協和音、あるいは一種の敵意があった。ホタの好奇心は疲労の限界にぶつかった。立ち上がり、上からソンブレロに話しかけた。

「失礼します。朝になったらなにもかもわかるでしょう」

ソンブレロは頷いた。「そうですね、わかるでしょう」

ホタは歩き出して、屋敷に、自分の部屋に戻った。明日ボゴタに戻ろう。夜は青と黒で、音を立てない微風が涼しかった。踏んではいけない場所に入らないように気をつけなければいけなかったが、それは難しかった。ホタはできれば顔を上げて気にせず歩いて、牧場の重い匂いを深く吸い込んでいたかったからだ。世界の暗闇をそのままとどめておきたくて、部屋に早く着いてしまわないように回り道をすると、ハンモックが一つだけ吊ってある隅に導かれた。人の集まる場所ではなかった。むしろ私的な空間で、（ホタの想像では）ガラン氏が昼寝をする場所だった。ホタはハンモックに横たわり、暗闇のなかでハンモックを揺すりながら、暗闇のなかで一日の出来事を振り返った。朝食、ヨランダが上司から引き離したカトラリー、気分良くはじまった乗馬、その後のヨランダのミス（手綱を放したこと）、そして平原の男の動き。彼の機敏で熟達した動きは、彼女の記憶の中でヨランダの顔が見えるまでひと続きだ。そして彼女の深刻で重大な形相は、我々の表情を緊急事態に、恐怖の瞬間に、なにか重大なことの前触れの瞬間に変貌させる。彼女の記憶のなかでは、その場にいなかったにもかかわらず、ドン・ヒルベルトの顔もあらわれた。ホタは倒れた女性を手当てしようとして馬を飛び降りると、そこには上司がすでにいて、彼女のそばにかがみこみ、頭を支えようとしてなのか手を伸ばしていたが、そうすることはできない。我々の注意が必要なとき、記憶は歪んだり騙したりするものだ。

「クソ」ホタは言った。

多くの時間が経過してから、その日のことを話すとき、ホタは物語のこの部分は飛ばすことになる。ハンモックにいたときに何かに気づいたが、それが何なのかわからず、何に気づいたのか、これからもわからないだろうと説明した。「クソ」ホタは小さな声で言い、その単語をまるで、コップを落として床で割れてしまったときや、家にいて忘れていた重要なことを思い出したとき（そして額を叩いたり、車のハンドルに拳を落とすとき）に言うように言った。ホタはのちにこう語るだろう、自分はハンモックから起き上がり、部屋まで戻りはじめたが、途中で、（数時間前に眠っていた通路のそばを歩きかけて）引き返し、庭の、ガラン家が庭と呼んでいる場所の土に降りて、落ちたマンゴーを蹴飛ばし、木製の囲い壁のあいだを通って川岸に、川岸がはじまる場所に出て、ドン・ヒルベルトがまだそこ、静かな川の近くに腰掛けているのを確かめたのだ、と。

ホタは幽霊のようにドン・ヒルベルトのそばまで来て、近づくときに足を引きずって気づかせようとした。男の隣ではなく、顔がよく見えるように、ほとんど真正面に座った。そして彼に言った。

「ドン・ヒルベルト、残念です。たったいま知らせがありました」

「何があった？」

ホタは黙っていたほうがいいと思った。ドン・ヒルベルトは再び口を開いた。

「どうした？　ヨランダは死んだのか？」

「残念です」ホタは言った。

そして彼を見た。ホタはドン・ヒルベルトの表情に何が起きているのかを、さまざまな感情が衝突するのを、筋肉の動きを見て、その後、人間の表情がなす奇跡について、こんなに数少ない部位を用いて、我々が名づけてきた以上の感情を伝えることができるのだ、と考えるだろう。ホタが見た感情、切れ長の目と眉毛の弓にあらわれている感情は、安堵だった。最初は悲しみ、あるいは狼狽や落胆があったことはありえなくはないが、落胆や狼狽、悲しみは安堵に場所を譲った。それがあまりに強烈な印象だったので、ホタは、まさにそれが顕れるのを見ようと川岸までやってきたのだが、自分が目にしているものに恥ずかしくなって、視線をそらすしかなかった。

夜明けの少し前、なにかで彼女は目を覚ました。ニワトリが遠くで、たぶん別の農場で鳴いていた。ホタはナイトテーブルに腕時計を探した。三時間ほどしか寝ていなかった。風が入ってくるのを感じ、目は半分閉じたまま、部屋のドアが開いていることに気づいた。しかし彼女は自分がドアを閉めたことをよく覚えていた（あるいは覚えていると思った）。犬が押し開けたのだろうと思った。あるいは風かもしれない。他の人を起こさないように静かに閉めてベッドに戻ると、男が見えた。

ドン・ヒルベルトはもう一つのベッドに腰掛けて、両手を両膝に載せていた。ホタは最初、彼の息遣いを、次いで声を聞いた。「驚かせたね？」

ホタは一瞬自分の服を見直した。全身パジャマで、ズボンとシャツだった。そして窓のほう、ドアのほうを見つめた。

「驚かせてすまない」ドン・ヒルベルトは言った。こんどホタには、彼の声に酔っ払い特有の子音が聞こえた。「引っかかっていることがあってね」

「あとでお話しできませんか？」とホタは言った。「疲れていますし、それに――」

「いや、今でなければだめだ」男はさえぎった。「実はわかったんだ」

ホタはドアから一歩離れたところで立ったままだった。声を出そうとした。

「なんのことですか？」

「ヨランダは死んでいなかった」ドン・ヒルベルトは言った。「信じられないでしょう？」

「でも、私はそのように伝えられました」

「伝えられた？　それは奇妙ではありませんか？　誰があなたに言ったのです？」

ホタは答えなかった。ニワトリが遠くで再び鳴いた。ドン・ヒルベルトの顔ははっきり見えなかった。わけもなくホタはフランシス・ベーコンの絵を思った。その嘘が彼を悲しくさせたのか、ドン・ヒルベルトの低く下がった肩は、白い壁に切り取られ、寂しげな印象を与えていた。しかし彼の声には（そして彼の声のアルコールには）、脅しの、恐怖を与えようという意志があった。

「わたしが好きじゃないのをわかってもらいたいね」彼は言った。

「ドン・ヒルベルト、あなたが何を言われたのか私は知りませんが、私は――」

「騙されるのがね。好きじゃないんですよ、騙されるのは。それはとても卑劣なことなんだよ、お嬢ちゃん」

お嬢ちゃん、ホタは思った、あるいは記録した。

「私はそう伝えられました」彼女は言った。

「いや、信じられない。あなたは何も伝えられていない。気が滅入るんですよ、ちがいますか？　まったくくだらない。わたしたちは実にくだらない問題を抱えている」

「間違いが起きたのです」ホタは言った。

「まったく」男は言った。「そういうことはやってはいけないんですよ、お嬢さん。わたしがあなたに教えなきゃいかんのか？　そういうことはやってはいけない、と教えろと？」

ホタは、自分が男とドアの間に立っていることに気づいた。自分が外から見えるように窓に近づいた。そろそろ朝一番で人が働きに出てくるころだからだ。それに、男に通り道を作れるからだ。部屋から蛾を追い出そうと、ドアを開けて外の電灯をつけるときのように。

男は言った。

「あなたたちは学ぼうとしない」そして「あなたは今日出発するんだろう？　お嬢ちゃん」さらに、「そう、あなたは今日出発だ。そうすればあなたに二度と会わなくてすむ、もううんざりだ」と言った。

男は、両肩が重いのか時間をかけて立ち上がり、夜明けに向かって出ていった。

Ⅲ

「あなたはこれまでラス・パルマス牧場に来たことがありますか？」

二十年後、ホタは再び、自分が死んだことにしたその女の前にいた。土曜日に通路ですれ違ったり、朝食や昼食でテーブルをともにしたとき、過去の出来事の痕跡を彼女の容貌に見つけようとした。顔にあれは残っていないのだろうか？　あのような経験が彼女の顔に何も記録せずにいられるものだろうか？　しかしヨランダ（ホタはいまになって、彼女の姓を知らないことに気づいた）の容貌にあったものは、何も明かしていなかった。五十歳近い、とホタは計算したが、彼女の眼差しには子どもっぽい、無邪気なところがあった。そしてこの無邪気な女性はホタに、ラス・パルマスにこれまでに来たことがあるかどうかを訊ねていた。ホタは少しも躊躇しなかった。

「ありません」と言った。「はじめてです」

「平原は気に入りましたか?」

「ええ、とても。別世界のようです」

ヨランダがお決まりの会話を続けたければ、ホタは答えられた。二人はハンモックの吊るされた通路にいて、それぞれビールを手に持っていた。料理女が食事の用意ができたと言うのを待っていた。この状況を望んでいたわけではないが、もともと食堂のテーブルでヨランダの隣に座るつもりだった。その必要はなかった。ここで足首と腕に虫除け薬をつけている彼女にばったり遭遇し、少し貸してと言った。こうして二人は会話をはじめた。最初は夕方の消えそうな明るさのもと、ついで蛍光灯の白い輝きの下で。

「私は毎年来ています」ヨランダは言った。「ヨパルに住んでいるので、ここはすぐですから。あなたはボゴタでしょう?」

「その通りです」

「いやだ、私だったら無理です。ボゴタは寒すぎて」

「でも私は旅が多くて。そのおかげ」

「仕事でしょう？　あなたは写真家ね」

「まさしく」

「どんな写真を撮るのですか？」

「報道写真です」ホタは言った。「何年も争いを撮影していました」

「争い？」

「暴力、戦争。それで国中をあっちこっち行って」

「なるほど」ヨランダは言った。「何を撮ろうとしていたのですか？　現場ですか？」

「ええ、現場ですが、人も撮りました。戦争の犠牲者です。多いですから」と言ってから間を置いた。「でも不思議です。平原のこのあたりには一度も来たことがなくて」間を置く。「近くには来たことがあります。でもこのあたりは来たことがありません」間を置く。「この辺は暴力がひどかったのでしょう？」

「ええ、かつては。もう違いますが」

「あなたには何もなかったのですか？　家族にも？」

「状況はもうかなり良くなっています」ヨランダは言った。

「どこもそうです」ホタは言った。「十年、二十年前に虐殺や何かがあって行った地域を旅して回ると、いまは別ものになっているのを目にします。あなたにはこれがどういうことか想像できないでしょう。恐怖を感じなくなると人の表情は変わっていきます。人の表情は多くを語るのです」

「あなたに写真を撮られることを嫌がらないのですか？」

一人なのにチームのように動いている痩せた黒人女性が、オープンスペースのキッチンから鍋をかき混ぜる音や匂いが届いていた。ガラン家が午後殺したニワトリを食べる予定だった。ホタは毛をむしりとる光景を見た。料理女がニワトリの首をつかまえてまな板に置いてナイフを取りだしたとき、見ていられなくなった。

「ええ」ホタは答えた。「もちろん時々嫌がりますよ。でもほとんどそういうことはありません。まず話し合って、知り合いになるからです。写真家が他人の悲しみを嗅ぎ回っているのは私には我慢できません。私は、それまでに話をしていない人の写真は撮りません」間を置く。「例えばあなた。もしあなたの写真を撮るなら、まず腰掛けて、自身の物語を語ってくれるまでたっぷり話をします。あなたに起きたこと。戦争があなたに残したこと」

ヨランダは微笑んだ。「私が相手じゃ時間の無駄でしょうね。私は元気でした」

「もちろん」ホタは言った。「でもそれは珍しいことです。誰にでも語るべきことがあるものですから」間を置く。「お話ししたように、私は平原のこのあたりには一度も来たことがありませんが、近くにいたことはあります。アラウカ、ベネズエラとの国境の近くです。二十年前、あのあたりは大変でした」

「そうなのですか？　私は覚えてません」

「その頃、一人の女性と知り合いました。最悪の時代でしたが、何ごともなく暮らしていました。殺された人の遺体が川を下ると、その女性の知り合いだったというのがしょっちゅうでしたが、その彼女にも彼女の家族にも何も起きませんでした。そのあと政治家と働きはじめて、二、三年経って、彼を信頼するようになりました。選挙運動で一緒に出張に出ました。彼女は彼の右腕になり、彼は四六時中、彼女に言いました。『あなたならどうしますか？　あなたがいなければ、私は死んでしまう』そういうことを言ったのです。ある日、ボゴタのホテルで上司がドアをノックしました。彼女は当然、開けました。ほかにどうすることができるでしょうか？　朝の六時。このことはその女性が教えてくれたのです。朝の六時だったと。私にはそれがなぜそんなに重要なのかわかりません」

ヨランダは暗闇のほう、あるいは暗闇の向こうで静かに流れている川のほうを見ていた。「川岸に女がいるようです」彼女は言った。

ホタは何も言わなかった。

「最近この近くでニシキヘビが発見されました。あなたと私がこうしているみたいに、テラスで話しているとき、若い男の子が一人やって来ました。ニシキヘビはお腹をすかせていた。川の向こう側、森があるところで発見されました。その怖さを想像できますか？」

ホタは川のほうを振り返ったが、誰も見えなかった。その代わり、別のテラスから黒人女性がこちらに近づいていた。「食事ができましたよ」優しい微笑みを浮かべてそう言った。彼女の前歯は二本欠けていた。

翌日、ホタは荷物をつめるとき、数分を費やしてカメラを掃除した。ボゴタまで数時間運転する予定だった。警察に電話して、山崩れや事故の報告があったのか、あるいは何も起きていないのか、道路の状態を確認した。しかし外は晴れ渡っていた。働く者が泊まり客と一緒に朝食を食べ、労働着の匂いがコーヒーや卵の匂いとわずかのあいだ混じりあう最も忙しい時刻は過ぎていた。屋敷は午前中のつかの間の静けさに入り込んでいた。すでにみんな仕事に戻り、訪問客は動物を見に出かけ、ガラン家の人は座って請求書を見直し、業者や客の精算をしていた。ホタはカメラを片手に部屋を出て、ヨランダを探した。ハンモックで昼寝しているのを見つけ、何も言わずに写真を一枚撮った。

ヨランダは目を開いた。「どうしたの?」

「ごめんなさい」ホタは言った。「いいかしら?」

「でも、いまここで?」

「ええ」ホタは言った。「いまここで、もちろん」

ヨランダは再び横になった。ホタはいくつか指示を出した。背景に缶ビールが入らないようにして、ハンモックのあたりを歩いて一番良い光と角度を探した。ヨランダは両手で顔を覆った。シャッター音が一回、二回鳴った。ヨランダは訊ねた。「泣いてもいいですか?」

「いいですよ」ホタは言った。「好きなだけ泣いてください」

分身

エルネスト・ウォルフ。クラス名簿でぼくと彼の姓は並んでいた。その理由は、ふつうコロンビアでぼくの姓のあとにはさほど多くの姓が存在しないからだった（ウォルシュやサパタ、ヤンマラやスニガといった外国の姓や珍しい姓でないかぎり）。兵役に行くか行かないかを決めるくじ引きの日、アルファベット順にしたがって、ぼくは彼よりも先に小球を引いた。ワインレッドのビロードの袋にはすでに二つの球があるだけで、ひとつは青色、もうひとつは赤色で、そこにはついさっきまで、その年度の兵役候補者の数である五十個以上の小球が入っていた。ぼくが赤い球を引いたらぼくが兵役に送られ、青い球を引いたら友人が送られる。決め方はとても単純だった。

このくじ引きは、愛国劇場という、歩兵学校と隣同士の施設で行なわれるのが常で、そこはいま、粗悪な映画が上映されたり、ときには喜劇、ソロコンサート、手品ショーが催されている。手品と言えば、そう、くじ引きはまさしくそれに似ていた。高校生の最終学年の生徒全員が観客役で、教員たちもそう見えなくはなかった。舞台上には三名の演者がいた。白髪の中尉（たぶん中尉のはずだが確信はない。肩や襟や胸ポケットがどうだったか覚えていない。いずれにしても階級を見分ける手段はなかった）、制服を着用した女助手、そして壇上に上る協力者で、しぶしぶ手品に協力して小球を引き、場合によっては一年のあいだ市民生活を棒にふる羽目になる。女助手はナフタリンの匂いをただよわせ、小球の入った袋を持っていた。ぼくは手を突っ込んで青い球を引き、友人を兵役送りにしてしまったと思う間もなく、その友人が舞台に上るやぼくを抱きしめた。おかげで友人は軍人の怒りを買ったものの、女助手からは共犯のウィンクを、たっぷりとした睫毛に青いシャドウが塗られたまぶたのウィンクを勝ちとった。

中尉であれ、なんであれ、その軍人は、ウォーターマーク入りのアイボリー色をしたエンボス紙にボールペンで署名して、それを三つに折ってから、臭いのするぼろ切れを渡すかのように、ペンのキャップをくわえながらぼくに渡した——黄色い歯のあいだに挟まって、唾液でてかてかに光った白いキャップ。エルネストと女助手はそのあいだ話し込んでいた。彼は赤い球を引きたがらなかった。すでにそれが最後の球でその手順が不要だったのと、観客であるあの高校生集団にとって、サプライズなどもはや起こり得なかったからだ。連中はこのショーの結末について同じように考えていた——ぼくのあとの生徒が徴兵されるはずだ。しかしその女助手と、おそらく女の化粧に説き伏せられたウォルフは、手を突っ込んで球を引いた。そしてそれとはまた別のことも説き伏せられた。翌日の昼食時にぼくの電話が鳴った。

「兄弟、すげえ体だった」エルネストのよれよれの声が言った。「制服からじゃ想像できない」

その後、ぼくたちは何回か顔を合わせたが、その先は、ぼくたちの都合では簡単に会えなくなった。エルネスト・ウォルフは恥知らずなまでに嬉々として、不快なまでに従順に、その年の八月の終わり、トレマイダの第十旅団アヤクーチョ中隊に入隊した。アヤクーチョ。この地名の不快な響きは、小学校時代のおぼろげな記憶をのぞけば、エルネストにはいかなる意味も伝えなかった。エルネストは、朝鮮戦争に従軍するのを拒み、主要な新聞で非国民と攻撃された外国人の孫だった。そして自分の生まれをあまりよく知らずに育った（とはいえ、場違いにならないように、聖人表の名前に基づいて名を授けられた）父の息子だった。エルネストは、ことアヤクーチョについても、独立戦争一般についても、さしたる知識を持ち合わせていなかった。彼の愛国心を手助けしなくては、とぼくは思った。ある日曜日に早起きをして、英雄記念碑のところで一枚写真を撮り、新聞に挟んでトレマイダに持って行ってやった。

アヤクーチョ
ピチンチャ

不快な響きの二つの地名と、罵り言葉のような地名が神聖といってもよい国家独立の石碑に刻まれていた。その写真をウォルフ士官候補生に手渡した。言ったとおり、八月だったので風が吹き、記念碑周辺の緑地帯には細紐が急ごしらえに何本か張られて凧が売られていた。山から突風が吹きおろし、絹紙と竹の骨組みでできた幾何学模様の凧は持ちこたえられそうになかった。トレマイダは山間部ではなく灼熱の土地だったので、風はなかった。トレマイダの大気は微動だにせず、絶対に動くまいとしているようだった。下級伍長のハラミーリョは、候補生たちの首に年老いた蛇を巻きつけた。候補生の態度次第で、巻きつけさせる時間は長くも短くもなった。下級伍長のハラミーリョは、中隊に対する脅しあるいは抑止力として、その農村地帯にまつわる唯一の都市伝説、クアトロ・ボーラスの地下牢について語った。それは、巨漢の農民が不道徳な方法によって反抗的な候補生と愉しむ話だった。エルネスト・ウォルフは一年間、下級伍長のハラミーリョの陰口になると、他の誰かについて言ったことがないほど雄弁になった。大気が微動だにしないのも、高熱を出したのも、射撃訓練でライフルを握って両手にマメができたのも、下級伍長のハラミーリョのせいだった。一番若い候補生（早く高校を卒業した十五歳の若者たちがいた）が倉庫の裏やシャワー室で泣いたのも、夜になると枕に顔を押しつけて泣いたのも、下級伍長のせいだった。下級伍長のハラミーリョ。ぼくは彼の姓しか知らず、名を知らなかった。見たこともないのに憎しみを抱くようになった。日曜日になると、軍学校での面会で、あるいはボゴタにあるウォルフの家で、エルネストは腰掛けた。トレマイダでの面会なら乾いた芝生のうえに、ボゴタならテーブルの上座だった。そして彼は語った。正面には彼の両親とぼくがいて、食事をしながら目を見合わせ、ぼくたちは一緒になって下級伍長のハラミーリョを憎んだ。しかし今になって思うと、ぼくは記憶違いをしているのかもしれない。彼の父、アントニオが同席していたのは、日曜日にエルネストが外出許可をもらったときだけで、彼は軍学校には足を踏み入れなかった。愛国劇場にもそうしなかったように。

そういうある日曜日のこと、ぼくとアントニオは車のなかにいて、サイドウィンドウが完全に上げられた状態で（砂ぼこりやアランダ橋の騒音のせいだった）、外出許可をもらったエルネストをトレマイダから運んでくるバスを待っていた。すでにぼくに親愛の情を示しはじめていたアントニオ・ウォルフは唐突に言った。「でもきみだったら、いやだったろう」その奇妙な、不完全のようだが、そうではないフレーズを彼は言った。ハンドルから、かつてはボクサーだったバイエルンの農民の両手を離さずに――コロンビアに移住したのは彼ではなく彼の父なのに、どうしても移住してきたばかりに見えてしまうその両手。ぼくを見ないで話していたが、それは車中では目を合わせないのが普通だからだ。車のフロントガラスは、火のように、あるいは映画のスクリーンのように視線を引き寄せ、視線をそこに集中させ、視線を支配する。だから車の中では言いやすくなる事柄がある。

「いやだったって、何のことです？」ぼくは言った。

「あんなところに行くことだ」彼は言った。「時間を無駄にしに行くこと。エルネストは望んで行ったがね。しかし何のためだ？　ばかげた文句を誓えるように？　生涯二度と使わないライフルの撃ち方を習いに？」

ぼくはそのとき十八歳だった。その言葉の意味はわからなかった。アントニオ・ウォルフ、ぼくが敬意を払っていたその人はざっくばらんに話していたし、彼もまたぼくに敬意を払おうとしていたのだろう。だがぼくは彼から敬意を払われるにあたいする人間ではなかった。というのは思想信条や主義主張などではなく、ひとえに幸運に恵まれたので、ぼくはあの忌々しい場所、ばかげた文句を誓ったり、二度と使わないライフルの撃ち方を習う場所に、とりわけ時間を、自分や両親の時間を無駄にする場所に、人生が面倒なことになる場所に入らずにすんだからだった。

そしてまさにその場所で、ウォルフ家の人生は面倒なことになった。兵役が終わるまであと十七日になって、エルネストは、ぼくが名前を知らない作戦の最中に死んだ。滑車が壊れ、エルネストは二つの山のあいだに開けた落差三十メートルの谷間に落下し、時速約七十キロメートルで岩に身体が衝突した。彼が小さな滝のある谷底、そこはその地方の恋人同士が純潔を失う逢引きの場所としてよく使われたのだが、そこに落ちた時点で、すでに絶命していただろうということに誰も異論を唱えていない。ぼくは葬式に行くこともできたのだが、行かなかった。電話を一度だけかけた。ウォルフ家の電話は話し中だったので、かけ直さなかった。献花と一緒に、自分がバランキーリャにいると書き添えたメッセージを送った。もちろんそれは嘘で、バランキーリャにするかカリにするか、どちらの街ならもっともらしく響き、相手に疑念を掻きたてないかを判断するのに、ばかばかしいほど苦労したことをよく覚えている。ウォルフ家がぼくを信じたのか、それとも稚拙な嘘だと見抜いたのか、ぼくは知らない——一度も返事はなかったし、ぼくは事故のあと、会いに行かなかった。法律を学びはじめたものの、それを職業にしないのを予感していた。それは自分が短篇集を書き上げ、その過程で人生でほかにやりたいことがないのに気づいたからだった。ぼくはパリに行った。パリでほぼ三年暮らした。そのあとはベルギーに行った。ベルギーではアルデンヌの人目につかない村から十分ほどのところで九カ月を過ごした。一九九九年十月、バルセロナに着いた。その年の十二月、家族とコロンビアでクリスマスを過ごした折に、一九三六年にコロンビアにやって来たドイツ人女性と知り合った。彼女に、自身の経験について、家族がナチズムから逃げた方法について、コロンビアに到着したときに見出したものについて、質問をした。彼女は、ぼくがそれまでに経験したことがないほど赤裸々に答え、ぼくはその答えを、ブロックメモ帳の、あのたいてい隅っこに図柄やロゴマークの入っている四角い用紙に書き取った（このブロックメモ帳の場合、隅にイタリア語の有名なフレーズ、「本を一冊しか書かない男にはご用心」が書かれていた）。何年かのちに、そのメモを、彼女の答え――ひとことで言えば、彼女の人生――を使って小説を一冊書いた。

その小説は二〇〇四年七月に出版された。筋立ては、あるドイツ移民をめぐるもので、その人物は第二次世界大戦の終わりごろ、コロンビア政府によって敵性市民（ルーズヴェルトの敵で、ヒットラーやムッソリーニの支持者）の一時的な監禁施設に姿を変えたサバネタという高級ホテルに収容された。執筆のための調査は極めて難しい作業になった、というのはその主題はいまだにセンシティヴであるし、ボゴタのドイツ人コミュニティの多くの家族にとってはタブーでさえあるからだ。だから、小説を出版したあとになって、多くの人たちがぼくに近づいて、いまこそ自分たちの話を聞いてほしい、いまこそ自分たちの経験を語らせてほしいと聞かされたときには、皮肉な思いがした。数カ月が経過しても、小説を読んだドイツ人やドイツ人の子どもからのメールは途絶えず、ひとつふたつ情報の誤りをただしたり――例えば壁の色だったり、具体的なある場所のある植物についてだったりした――、調査不足を咎めつつ、次の小説のためだといって自分の経験を提供してきたりした。ぼくはやんわりと言い逃れの返信を送った（いわく言い難い恐れゆえに、ぼくは申し出をきっぱりと断れないのだ）。その数週間後には、似たような内容のメール、ホテル・サバネタにいた人の知り合いの知り合いで、必要とあれば情報提供ができるとメールが届いた。そういう経緯があったので、二〇〇六年二月、ドイツ人の名前が裏に書かれた封筒を受け取っても、ぼくは驚かなかった。告白すれば、誰だかわかるのに数秒かかった。白状すると、その名前の人物の顔を思い出したのは、建物の入口の階段を二、三段のぼってからだった。階段の途中で封筒を開けエレベーターで読み出して、マンションのキッチンに立ったまま読み終えた。まだ肩に鞄をかけて、玄関のドアは開けっ放しで鍵穴に鍵をさしたままだった。

実に面白いことに(手紙はぼくに言っていた)、わたしの立場を説明するスペイン語の単語は存在しない。妻に死なれたら寡夫になり、父に死なれたら孤児になるが、子に死なれたら何になる? 子に死なれるのはあまりに不条理だから、スペイン語には、そういう人たちの呼び方は存在しないのだ、実際には、親より先に子どもが死んで、親がその子の死に苦しみ続ける事実があるにもかかわらず。わたしはきみの跡を追っていた(手紙はぼくにこう言っていた)、しかし今まで例の事については何も行動を起こさないと決めていた。きみを探さない、手紙を書かない。どうしてかわかるか? きみを憎んでいたからだ。いまはもう憎んでいない、いや、こう言ったほうがいいかもしれない、きみを憎む日はある、起きてはきみを憎み、死を望む。ときどき、起きてはきみの子どもが死ぬのを願う、もしきみに子どもがいるのなら。しかしそうではない日もある。手紙でこんな話をして申し訳ない、こういうことは面と向かって、直接、一対一で言うべきだろうが、いまはそれができない、きみはそっち、バルセロナにいて、わたしはこっち、離婚したあとに買ったチアのあばらやにいるからだ。きみはわたしが離婚したのを知っているだろう、ボゴタであの年さんざん話題にされて、醜い詳細が何もかも明るみになったからな。とにかくそれを語るつもりはない。どうしても言っておきたいのは、きみを憎んでいたことだ。きみを憎んだのは、きみがエルネストではなかったからだ、あとほんのわずかでエルネストになるところだったのに、エルネストにならなかったからだ。二人とも同じ学校に行き、同じことに精通し、同じサッカーチームでプレイして、愛国劇場の日には同じ列に並んでいた。しかしきみが先にくじの袋に向かい、エルネストの球を引いた。きみが彼をトレマイダに送った。わたしの頭からはそのことが離れない。もしきみが、いま呼ばれている姓でなくヤンマラやスニガだったら、わたしの息子はまだ生きていただろう、わたしは自分の人生を謳歌していただろう。しかし息子は死んだ、このクソのような姓で呼ばれ、墓石に刻まれているこのクソのような姓のせいで死んだ。たぶんわたしは、彼にこの姓を与えた自分が許せないのだ。

しかし（手紙はぼくに言っていた）なぜわたしは、こんなことを全部きみにわかってもらいたいのだろうか？　生涯の友人に別れを告げに墓地に来る勇気さえないきみに。そっちに住んで、兵役についたら生きて帰れないかもしれないこの国から離れ、優雅な人生を送っているきみに、なんの関係があるのだろうか？　友人が死んでから、面と向かって打ちひしがれている家族、もしかするときみの家族だったかもしれないが、純然たる偶然でそうならなかった家族だよ、それを見るのがただ怖くて隠れているきみに。なにを怖がっている？　きみにそんな日がくるのが怖いのか？

きみにもいつかくるんだよ（手紙はぼくに言っていた）、誓うよ、ある日そんな瞬間がやってくる、人間というのがしばしば他人を必要とするのをきみは悟る、そしてもしその他人がしかるべき時にいてくれなければ、きみの人生は崩壊するかもしれない。葬式の日にきみを抱擁して、来てくれてありがとうと言えたら、エルネストが兵役で外出許可をもらった時のように週に一度は我が家に昼食を食べに来てくれたら、わたしの人生はどうなっていただろうかね。わたしたちは下級伍長のハラミーリョについて話し、エルネストはあの地下牢や兵士の首に巻きつけられる蛇のことを語っていたな。食卓できみとそういう思い出話ができたら、なにもかもましになったんじゃないかと思うことがしばしばある。エルネストはきみが好きだった、きみたちはいわゆる生涯の友になったはずだ。そしてきみはわたしたち一家の支えになってくれただろう、きみのことがみんな好きだったからね（手紙はぼくに言っていた）、エルネストと同じようにわたしたちもきみが好きだった。しかしいまとなっては（手紙はぼくに言っていた）全部取り返しがつかない――きみはいなかった、わたしたちはいて欲しかったが、いなかった、姿を隠し、支えになるのを拒んだ、我が家で事態は悪いほうに動き出して、ついにすべてが壊れてしまった。クリスマスのことだ、もう十年前か、時というのはあっという間に過ぎるものだ。はっきりと何があったか覚えていないのだが、のちに言われたところによれば、わたしは食卓の周りで彼女を追い回し、ピラールはバスルームに隠れた。しかしわたしがはっきり覚えているのは、車に乗ってパーティを逃げ出したことだ、どこに向かっているのかあまりよくわからないまま運転を続け、どこかに駐車した後になってはじめて、自分がアランダ橋にいることに気づいた、トレマイダからのバスが着くあの駐車場だよ、きみとわたしでエルネストを待ったあの場所だ、一度きみと話をしたが、そのことを絶対にわたしは忘れないだろう。

こういうことすべてを手紙でぼくに言っていた。なによりもまず、彼が病気だと思ったことを覚えている。死にかけている。そしてただちに、当惑したのを覚えている。悲しみでも郷愁でも怒りでもない（とはいえ、アントニオ・ウォルフの糾弾を原因とする、ある程度の怒りを覚えたとしても許されただろう）。返信は書かなかった。封筒の裏を見て、差出人の住所、つまりあのチアのあばらやの番地が書かれているのを確認して、封筒と手紙を、書斎の書棚にしまい込んだ。アントニオ・ウォルフが死を願っているあの娘たちの写真アルバム二冊のあいだに。その場所を選んだのは、たぶん手紙をしりぞけるため、そうすれば手紙をしりぞけた気になるからだった。それは確かにうまくいった、翌年まで何度もそのアルバムを開いて娘の写真を眺めたが、手紙は読み返さなかったからだ。そしてもし二〇〇七年一月、アントニオ・ウォルフの死亡通知を受け取らなかったとしたら、読み返すことはなかっただろう。とても寒い月曜日に起きて、電子メールのホルダーを開いた。そこには高校の同窓会から送られてきたニュースレターが届いていた。彼の訃報——ぼくが日頃から忌み嫌っている単語だ——が届いており、葬式——この単語も嫌いだ——の日取りと時間が伝えられ、故人——さらにこの単語も——は卒業生の父親だと記されていたが、その息子がはるか昔に死んでいることは書かれていなかった。それから三カ月後、ボゴタに戻る用事ができたぼくは、書類のなかに彼の手紙を挟み込んだ。そうしたのは、自分で自分のことがよくわかっているから、自分の奇癖がわかっているからで、遠くからでもその家を眺める機会を失ってしまえば、後悔するのがわかっていたからだ。アントニオ・ウォルフが晩年を、没落から死にいたるまで日々を過ごした家、ぼくが生涯を通じて受け取った中で最も敵意に満ち、最も親密な内容の手紙を書いた家。着いてから二日間は行動を起こさず、三日目、封筒を持ってレンタカーを借り、ボゴタからチアまでおよそ三十キロを走った。

家を見つけるのは難しくなかった。チアはとても小さい街で、端から端まで走っても十五分とかからない。街路の数字をたどっていくと、壁で囲われた住宅群に行き着いた――安い煉瓦造りの十軒の家が、五軒ずつ二列になって向かい合い、そのあいだに同じ煉瓦、あるいはいつも新しく見える同じサーモン色の煉瓦を敷いた広場があった。その真ん中にはサッカーボール（あの銀色と黄色の模様ので、新品だった）と、プラスチックの水筒が置かれていた。前にオートバイのとまっている家が数軒あった。奥のほうでは、上半身裸でサンダル履きの男が、ルノー4にエンジンをかけてボンネットの中を覗き込んでいた。ぼくはそういうところにいた。薄暗い色のガラス窓がはまった守衛小屋の正面の歩道に立っていた。目を細くして家の番号を確認しながら、どれがアントニオ・ウォルフの家なのかを調べていると、守衛が出てきて、どこに行きたいのかをぼくに訊ねた。守衛が小屋に戻り、インターフォンをかけて再び出てきて、「どうぞ」と言われたとき、ぼくのほうが彼よりも驚いていた。彼のあとを追った。十歩、二十歩、三十歩。窓の奥、レースのカーテン越しに、訪問者を見ようと顔を覗かせる人たち。ドアが一つ開き、ひとりの女性が出てくる。四十歳といったところか。四カ月前に終わったというのに、クリスマス模様のエプロンをかけ、手を乾かしている。腋の下には、よれよれになった、マジックテープで留めるタイプのプラスチックの書類ホルダーを挟んでいた。

「アントニオさんがあんたに残したのはこれさ」女はぼくにホルダーを手渡した。「あんたが来るって言ってた。家に入れるな、水一杯出すなとも言われたよ」

声には恨みがこもっていたが、慎ましさもあった——自分には内容のわからない任務を果たす人の慎ましさ。女を見ずにホルダーを受け取った。別れの挨拶をしようとしたら、女のほうがとっくに向こうを向いてドアのほうに歩いていた。

車に戻ると、手紙——最後に会ってから十六年後、アントニオ・ウォルフがぼくの人生に彼の存在を訴え続けている二通の手紙——の上にホルダーを置いた。家の前にも、（一種の居心地の悪さを感じさせた）守衛の前にもいたくなかったので、車を動かしたが、そのときは、駐車場がただで、出入口でチェックされないチア・ショッピングモールに行こうと考えていた。そして実際にそうした。ショッピングモールに着いて、衣料品店《ロス・トレス・エレファンテス》の前に車を停め、書類ホルダーの中身を確かめはじめた。見つけたもののどれにもぼくは驚かなかった。開ける前からなんとなく入っているものの想像がついていた。頭の奥から伝わってくる何かがある、直観とか予感とか呼んでいるものが生まれる前でさえも。

いちばん古い記事は高校時代の年報の一ページだった。そこではエルネストとぼくの二人がサッカーチームのユニフォームを着て、ボゴタ・トーナメントの優勝カップをかつぎ上げていた。その次に出てきたのは、雑誌『クロモス』の一九九七年四月号で、ぼくの最初の小説の出版をほんの五行で予告しているページのところで開けられていた。ぼくは場所を確保しようと急いで助手席のリクライニングを倒し、記事を広げられる場所——ダッシュボード、グローブボックスの蓋、後部座席、肘掛け——をありったけ使って車の中に並べ、エルネストの死後のぼくの人生を一望した。そこにはぼくの本についての記事、コロンビアのメディアに載った書評やインタビューがあった。現物ではなく、日焼けしたコピーもあったが、アントニオが人づてに聞いて、図書館でコピーするしかなかったものかもしれない。線が引かれている記事もあり、鉛筆ではなく、安手のボールペンが使われ、そういう箇所でぼくはさも壮大な、あるいはただの間抜けな演説をぶっていたり、紋切り型の表現を振りまいていたり、あるいはジャーナリストの無意味な質問に無意味な答えを返していたりした。コロンビアのドイツ人の小説に関する記事では、線が引かれている箇所は増えた。亡命、別の場所での生活、適応の難しさ、記憶と過去、上の世代からぼくたちが継承するときの誤った方法をめぐるぼくの意見に引かれたアントニオの線には、気高さのようなものが感じられ、ぼくは居心地が悪くなった。自分らしさがないかのような、自分が汚れている気がした。

記事類を渡してくれた女が誰なのかわからなかった。その瞬間に思い当たるふしはもちろんいくつかあったので、ボゴタへの帰り道、高速道路をぼんやりドライブしながら思いを巡らせてアントニオ・ウォルフの知られざる生活を想像していた。あの使いは村の女、おそらく農民だろう。ウォルフは彼女を家政婦として雇い、その後、徐々に、世界に頼れる者がほかにいないと気づいたのだろう。女も独り者で、たぶん娘がひとりいて、まだ若い娘だったので、ウォルフは二人とも引き取ったのだろう。孤独で途方に暮れる二人の関係が変化していくさまを想像し、家族や友人たちの間でスキャンダルになった罪深いセックスの場面を想像し、自分の死後もその家に住むように女に言うウォルフを想像した。しかし最も想像が働いたのは、もうひとりの人生を熱心に収集しているウォルフ、他人の記事がもつ力によって、息子の不在が彼の人生にもたらした空白を埋めていると感じるウォルフだ。本を書き、別の場所に住んでいるあの若者について女に話しているウォルフを想像した。夜になると、その若者が自分の息子で、別の場所で暮らし、本を書いているのだと夢見ている彼を想像した。嘘をついてその息子が本当は自分の息子だと女に言うべきかを夢想している彼を想像し、嘘をついているその短い瞬間、幻影の幸福を味わっている彼を想像した。

蛙

大使、大臣、将軍たちの公式のスピーチに続き、赤い帽子を被った韓国の少女合唱団の国家斉唱が終わると、退役軍人やその家族は、シャンパンが用意された緑色のテントのほうにぞろぞろ動きはじめていた。記念式典によくある謎の惰性の力によって、人の輪が次々にできあがった。退役軍人たちは、最初はコロンビア大隊の英雄を称えて厳かに乾杯していたが、戦争の思い出をよみがえらせているうちに、手に持っているグラスが揺れるほど笑い声をあげはじめ、サラサールは何杯飲んだのかもわからないに違いない三組のカップルに囲まれていた。空には雲がかかっていたが、いつにわか雨が落ちてきてもおかしくないのを誰も気にしていないようだった。

サラサールはそこにいた。これまで何年ものあいだ、何度となく退役軍人たちと対面してきたときと同じように。そう、彼はそこに、その集団の一員として、仕立てた上着を着た、彼を見向きもしない二人の女性に挟まれて立っていた。男たちは背中をたたき合い、ポーク・チョップ・ヒルの戦いやオールド・バルディの戦いについて話していた。本当は少しも面白おかしくないはずの人生の一時期――数週間、あるいは数カ月――について、面白おかしく逸話を語り合っていた。女たちは他人を寄せつけないように話していたので、口紅の香りのするその言葉はサラサールの顔の前を通り過ぎていった。輪の向こう側では、一番背格好の良い、トルヒーリョと呼ばれている男が韓国に向かう決心をいかに固めたかを語っていた――命を賭すことになったにもかかわらず、彼がそれまで聞いたことのない地名で、その国がどこにあるのかを地図に見つけることさえできなかったが、他の四千人のコロンビア人と同じように、赤の脅威を抑え込もうという国際的に大きな努力に参加するために彼はそこに向かったのだった。

「わたしたちはみんな英雄になりたかった」トルヒーリョが言うと、周りはそろって同意した。「学校の司祭は同じことを繰り返すだけだった。韓国がどこにあろうと関係ない。共産主義者を殺すのなら、そこはどこだって良い場所だってな」笑い声がグループ内で沸きあがり、その瞬間トルヒーリョはサラサールを見つめた。「あなたは？　志願兵ですか、それとも徴兵ですか？」

「志願兵ですよ」サラサールが答える前に別の声が言った。「この男は何がなんでも行きたがってね。行かせるために年齢を偽ったほどです」

サラサールは、月日の経過が人間の顔になしうることに、いまいちど驚嘆をおぼえた。口を開いたのはグティエレス中尉、出征前の五カ月間の訓練をサラサールと分かち合った男だった。戦場生活なるものにすぐに順応できるように固い簡易ベッドで眠り、テントで粗末な食事をとった五カ月。未知のことを前もって生きた五カ月。韓国のことは、上官も自分たちと同じくらいしか知らないために、新聞に載っている情報だけが届く五カ月。ボゴタではみんなが『舞台恐怖症』のマレーネ・ディートリヒを観に行くあの生活、日常生活から隔絶された五カ月。そのあいだ、未来のコロンビア大隊の兵士は、両手で小銃を握りしめて白い壁を飛び越え、泥だらけの野原を這い回ったのだった。陸軍騎兵学校の射撃訓練場で射撃訓練をして、射撃音の衝撃でカフェテリアのガラスが割れ、全員に行き届かないために将校と食事を分けあった五カ月。サラサールが食事を何度かともにし、親密さと呼んでよいものを抱いた唯一の将校がグティエレス中尉だった。軍人一家の一粒種で、その顔はすでに当時から表情にとぼしかったが、この五十年のあいだに摩耗した風景に変貌していた――禿げて染みの浮いた頭皮、悲しげなこめかみに浮かぶ青い血管、引っ掻かれたような深い皺。

「へえ、あなたたちは一緒だったのね?」トルヒーリョの妻が尋ねた。周りの人と比べて相当若かった――二度目、あるいは三度目の結婚?

「半世紀も前のことです」サラサールは言った。「一緒とは言えません。正確に言えば、わたしは上司である中尉の命令にしたがっていました」

「同じ陸軍騎兵学校だった。そのあとは顔を合わせていないが」グティエレス中尉は言った。「でもサラサールのことは忘れられん。脱走者探しを一緒にやったんだ」

「脱走者ですって？」トルヒーリョの妻が尋ねた。

「朝の点呼でチェックしたのは、居る者ではなくて、夜の間に逃げ出した者でした」グティエレス中尉は言った。「覚えてるか、サラサール？」

「覚えています」サラサールは言った。それは本当だった。覚えていた、隅々まで覚えていた。中尉が兵舎にいつ顔を出そうが、口を開く前にサラサールにはわかった。狩りに行くのだった。居酒屋を回って脱走者を探し、売春宿から裸同然で引きずり出し、学校に連れ戻し、二日酔いを黒砂糖水《アグアパネラ》でさました。二人とも、翌日同じことを繰り返すのがわかりきっていた。そういうある日、エンリケス少佐――中尉はエンリケス少佐を覚えているだろうか？――が一同を整列させ、韓国に行きたくない者は一歩前へ出るように命じた。中隊の三分の一の隊員が足を一歩前に出し、アスファルトで鳴り響くその靴音は先行きの暗さを暗示した。「とんでもないほど怖がっていやがる。それはそうだ、無理もない」中尉はサラサールに言った。「戦争に行くんだからな。今になって気づいていやがる」

「でも我々は戦いに行くわけではありません」サラサールは言った。「占領軍として行くのですから」

「ほお、そう言われたのか？」中尉は言った。

「少佐が言っていることです」サラサールは言った。

「そうかそうか」中尉は微笑んだ。「少佐が言っているなら、まぎれもない真実に違いないな」

そう、俺もあのときに気づいた。サラサールはいま、そう思っていた。仏塔の正面で突風が吹き、旗が揺れて合唱団の赤い帽子が飛び、少女たちは大げさにはしゃいで猫のような叫び声をあげ、頬を膨らませて笑って帽子を追いかけていた。仏塔は韓国政府がコロンビアに寄贈した記念碑だった。ずっとここにあったわけではなかった。何年かのあいだ往来の盛んなロータリーの装飾になっていたが、記念碑の意味を知らないか忘れている通行人には戸惑いの種だった。サラサールは毎週そこを通り、時には妻と、時には子どもたちと一緒に通った。彼は、家族には絶対に答えなかった数多くの質問、話したくなかった歴史の重みにいつも居心地の悪さを覚えていた。その妻は前年末に死んだ（癌だった。十年のように感じる十カ月の苦しみの末の死だった）が、朝鮮戦争のことは、公式の見解しか知らなかった。それはサラサールが知っているものと概略では一致し、コロンビア人一般に伝えられた見解だった。サラサールは質問されると、曖昧に答えを避けた。「覚えてないよ」彼は言ったものだ。「大昔のことだからな」すると妻はもちろん理解し、子どもたちもそうだった——戦争に行ったりしたら、本当に戦争に行って戦争中に起きたことを見たりしたら、声に出してそれを語りたくないのは当たり前です。心の中に留めておくだけで十分。会話が頓挫すると、妻は、日常の別の場面ではそうそう見られない感嘆と尊敬の念をあらわしながら子どもたちを諭したものだった。

「あの若者たちはかわいそうだった」トルヒーリョは言った。「連中を戦争に巻き込んではいけなかった」

「どうして？」トルヒーリョの妻が尋ねた。

「予備兵にもするべきではありませんでした」グティエレスが口を挟んだ。「予備兵の連中はひどかった。何もわかってないのですから。武器贈呈式での顔を見ればわかります。みなさんは出席しましたか？」

ああ、武器贈呈式か。サラサールはそれもはっきり覚えていた。コロンビア大隊は全員、式のためにボヤカ橋まで移動した。乗り心地の悪い客車に揺られてほぼ二時間かかった。季節特有の雨で増水したテアティーノ川が流れ、ボリーバルがスペインとの決定的な戦闘に勝利を収めた史跡のすぐそば、真正面にブロンズ像があって、そのトランペットは鳩の休憩場になっていた。カルモナ猊下は兵士たちを祝福し、七五ミリ無反動砲をとりわけ念入りに祝福した（隣の男の武器に聖水が落ち、サラサールはまた雨が降ると思った）。「きみたちが未知の土地へ向かうのは」カルモナ猊下は言った。「キリストの死で塗油された民主主義を守るためなのだ。きみたちは、全体主義の怪物に脅かされている我が家族を守るために出発する。我らの先遣隊がきみたちだ。きみたちの胸は、コロンビアの敵が粉々になる防壁、コロンビアの理想を守る防壁となるだろう」その後、兵士全員がバスに向かっているとき、サラサールはある将校が別の将校にこう言っているのが耳に入った。

「でも俺には必要なことかどうかわからない」

「なんのことだ？」

「我が家族とやらを守るために世界の向こう側に行くことだよ。ここじゃ俺たち同士で殺し合っているっていうのに」

「それとこれとは違う」

「だったら誰かに理由を説明してもらいたいね」最初に声が聞こえた将校は言った。「俺のみるところ、とても単純な話だ。俺たちが派遣されるのは、ここで殺される人の数が増えすぎないように向こうで殺されてこいってことだ」

ボゴタに戻ったのはまだ午後五時だったが、すでに暗くなっていた。そこまでの道のりは長かった。鉄道での移動中、一時的に完全な闇になる客車の中で、声はひとことも聞こえなかった。駅、あるいは村の幹線道路のような、光に照らされた場所を通過するたびに、その明るさが兵士の石のように固まった顔を照らし、一瞬とはいえ、彼らの存在を現実の世界に連れもどした。まるで黄色い光によって、ひそめた眉と固く結んだ口が創造され、その後、それらが再び闇に帰っていくようだった。サラサールはそのとき発見して感嘆を覚えた。恐怖によって生まれる表情がさまざまであることを。首を触れたり、頭を傾けて椅子の空いた背もたれを見るときに、どことなく姿を見せる恐怖の芸術がさまざまであることを。そして将校たちが言ったことを思い出した。ボヤカ橋から村を二つばかり越えたところでは政府側の警察が敵の喉を掻き切り、私的な復讐を遂行する私兵軍が女性をレイプしていた。そのあいだ、騎兵学校では朝鮮が「静かな朝の土地」を意味し、あのとてつもない動乱の根拠は、存在しない場所である「三十八度線」、カラー地図の黒い線上で起きていることを教えていたのだった。

「わたしは武器の贈呈式にいました」サラサールは言った。

「そうか、だが会わなかったよな？　きみのことは覚えていない。国旗授与式にいたのは確かに覚えているが。きみはボリーバル広場にいたろう。そうじゃないか、サラサール？」

「武器贈呈式に国旗授与式」これまで口を開かなかった女が言った。「なんでも渡してしまうから、この国には何も残ってなくて当たり前ね」

「ええ、いました」サラサールは言った。

「あそこにはみんないたよ」トルヒーリョは言った。「わたしの母親までいたからな」

みんな笑った。

「わたしの母もいました」グティエレスは言った。「そして妻も。まだ妻ではなく恋人でしたが。でもいました。兵隊の士気にかかわりますから」

その時になってサラサールは、彼の左隣にいる女がグティエレスの妻であるのに気づいた。

「一人の兵士の士気よ」彼女は言った。「私には兵隊なんてどうでもよかったから」

今回、集団内に沸きあがった笑いには、どこか芝居がかったところがあり、歯を見せたり、手を叩いたりしていた。サラサールはこの女には特別な何か、礼儀正しく接することを要求する何かが備わっていると思った。自分の隣にいたので注意深く彼女を見ていなかったが、ブロンドの、使い古された白髪にも見えるその髪、頬骨の上品な肌と真っ直ぐに伸びた背中を注視しているうちに、サラサールはすでに長いあいだ隣同士で立っていたが、自己紹介したい衝動に駆られた。女はぎこちなく手を差し出し、名前を言うとき、ブレスレットが音を立てた。

「メルセデス・デ・グティエレスです」女は、聞き覚えがあると思わせるあの声で言った。「はじめまして」

「さて、本当のことを言わねばならんな」そのときトルヒーリョは言った。「メルセデスさんはフィアンセに同伴するためだけに、あの式にいたんじゃない。彼女の苗字からして、出席は当然だった」

「どういうこと？」トルヒーリョの妻が尋ねた。「なんという苗字なの？」

トルヒーリョは苛立って顔をしかめた。「おまえにどう見えているかわからんがね」まるで娘に向かって話しかけるように答えた。「メルセデスさんはわたしがお仕えした今は亡きデ・レオン将軍、祖国の英雄であられ、代々の大統領の相談役を長らく務められた方のお嬢さまだ」

「当時の大統領の相談役でもありました」グティエレスは言った。

「当然だ」トルヒーリョは言った。「当時の大統領も含まれる」そしてグティエレスの妻に言った。

「メルセデスさん、あなたのお父上にお目にかかれたことは大変光栄でした。軍隊でのお父上は、わたしの理想でした。あのような方に育てられるとは大変な栄誉だったでしょうな」

「まあ、そんなに簡単ではありませんでした」彼女は言った。「想像してみてください、子どもは私一人で、しかも女でしたから。ロシア人のスパイよりも厳しい監視のもとで躾けられました。ときどき、結婚したのは家を出るためだったと思うほどです」

誰もグティエレスを見なかった。トルヒーリョは言った。

「戦争のあと結婚したのですね？」

「みなさんが韓国へ行ったとき、私は十八歳で」メルセデスは言った。「国旗授与式の前日に婚約して、彼が韓国から帰還してすぐに結婚しました」

たぶんそれが理由でこの女に見覚えがあるのだろう。サラサールは思った。戦争の厳粛な国旗授与式にいるのをきっと見たのだ。彼女は目立つ場所にいて、兵士は誰でも彼女が見えたのだ。彼女は父親と並び、その隣には大統領がいたのだろう。ボリーバル広場は駐屯地からやって来た兵士でぎゅう詰めで、その周囲を政府警察が囲み、広場を縁取っている街路では、兵士の家族が晴れ着を着て、やまないこぬか雨と寒さをこらえていた。雨は顔を刺し、寒さは濡れた手や足を責め、あの開けた空間に風が吹くと、うなじを切った。そこから遠く離れ、緑の兵隊集団の森の中に埋もれていたサラサールは、グティエレス中尉が議事堂の階段に近づき、ラウレアーノ・ゴメス大統領の手から国旗を受け取るのを見ていたので、その階段にたぶんグティエレス中尉が結婚する予定の若い女がいたのだろうと、いまになって理解した。ゴメス大統領は全員が注視するなかで中尉と握手したが、微笑みも浮かべず、中尉を見つめもしなかった。サラサールは、この痩せて不機嫌そうな表情の男に、国全体を世界戦争に巻き込むほどの権力があるようには見えないと思った。大統領はグティエレス中尉にポールを手渡した。グティエレスは両手でしっかり木の柄をつかんだが、その瞬間、大聖堂の向こう側から風が吹いたので、危うく旗を持っていかれそうになった。大統領はサラサールには聞こえない何かを言い、全員が拍手をはじめた。中尉に付き添っていた下士官たちは気をつけの姿勢を取り、そのうち三人が先頭になって、サン・ディエゴ広場に向かって行進をはじめた。

「だからあなたに見覚えがあるのだと思います」サラサールはメルセデス・デ・グティエレスに言った。

「なぜです?」

「授与式は一時間続きましたから。わたしたちは議事堂の正面に整列し、あなたはあちら側にいた。あなたはあちらにいたのでしょう」

「私がいたのは一瞬です」

「わたしたちはあなたたちと一時間、いいえ、一時間以上も向き合っていました。大統領を覚えていますし、デ・レオン将軍のことも覚えているように思います。だからわたしはあなたを見たような気がするのです、メルセデスさん。そうに違いありません」

「だったらそうでしょうね」メルセデスは言った。「ほかに理由は思いつかないし」一瞬沈黙して付け加えた。「だってあなたはそのあと韓国に行ったのですから」

「その通りです」

「みんなと同じように」メルセデスは言った。「みんなと同じように」

「ええ」サラサールは言った。

その日サラサールの隣の列にいた兵士の一人は細身のきゃしゃな少年で、ヘルメットが大きすぎ、ネクタイの結び方が下手だったので結び目がずり下がり、シャツのボタンもむき出しになっていた。サラサールはその数日前、作戦の休憩中に彼と少しだけ話し、彼の家族もボヤカ出身で、彼は十歳で孤児になり、韓国で金を稼いで大学に進学しようとしているのを知った。「たぶん米国に留学できる」少年はサラサールに言った。「戦闘で活躍すれば米国人《グリンゴ》が学費を払ってくれる。仲間うちじゃそういう話だよ」好感の持てる少年だとサラサールは思った（年齢差はほとんどなかったはずだが、まだ子どもに見えた）。しかしそれ以降少年のことは耳に入らず、十日後に再び会った。それは兵士たちが何台かのバスにわかれ、ボゴタを出てブエナベントゥーラに向かって山脈をくだっているときだった。ブエナベントゥーラにある太平洋岸の港では米国の船アイケン・ヴィクトリー号が兵隊を待ち、韓国まで彼らを運ぶ予定だった。サラサールはその兵士と座席が隣同士で、彼が道中、音も立てず泣き声も漏らさず、ただ恐怖ですすり泣いているのを見ていた。兵士はそのうち、カウカ川の谷をくだっているときにうとうとしだして、事故の瞬間は眠っていた。その週に降った雨で斜面の土が緩み、運転手はカーブを曲がりきれず、バスは舗装道路を覆う湿った泥のうえでスリップし、道を外れ、十メートル下にある煉瓦の壁に衝突した。死者は出なかったが、何名かの重傷者が出て、乗っていた者のうち二名が事故の混乱を利用して脱走した。そのうちの一人は、米国に留学しようとしていた例の兵士だった。もう一人は、事故の瞬間に本能的にとった行動に本人が誰よりも驚いたが、サラサールだった。

そしていま、グティエレス中尉の妻メルセデスはサラサールに言ったのだった。みんなと同じように、と。その後、ワインをもう一杯持ってきます、とその女は言った。「私が飲みたいの」彼女は言った。「飲まず食わずじゃそんなに思い出せない」

「付き添うわ」トルヒーリョの妻が言った。

「アグアルディエンテ酒はないかな?」トルヒーリョは言った。

「聞いてみる」彼の妻が言った。

サラサールが何度となく訪れた例の思い出がいま彼の目の前によみがえってきた。強く雨が降りしきる夜、山の茂みのなかを、両手を正面に伸ばして、闇から飛び出してくる見えない枝に顔を傷つけられないように走り抜けている自分がいた。濡れた樹々を照らして空中に雨滴を浮かび上がらせていた光は、走っているうちに次第に遠のいていき、救助を求めたり、痛みで苦しむ叫び声も遠くなった。それからの数日を、混乱した頭でどうするか考えながらゲリラ兵士のように山中に潜んで過ごしていたあいだ、サラサールは、自分は間違っていた、と思った。その後、自分はまったく正しかったと思い至った。そして最後、仲間の中には韓国で戦死して帰還する者も出てくるだろう、そうなったら自分は、新聞に載るその名前を前にして、自分だったかもしれない、とつぶやくだろうと思った。

そしていま、メルセデスは、長い指に指輪のはめられた両手にそれぞれグラスを持って戻ってきて、サラサールは場の厳粛な雰囲気を払いのける彼女の気ままな態度が気に入った。トルヒーリョの妻は夫に、アグアルディエンテ酒はなかったがワインを持ってきたと言い、彼は妻を見ずに受け取りながら、アイケン・ヴィクトリー号がホノルルに寄港したときの思い出話をはじめていた。船のボイラーが故障し、船員は二日余計にホノルルで過ごした。兵士のうち四名が売春宿に出かけたあとハワイの夜に紛れ、その後、泥酔状態でカワイアハオ教会のそばにあらわれた。彼らは軍用機で韓国に運ばれ、軍法会議で裁かれた。「そのうち一人は誰だか知っていた」トルヒーリョは言った。「ブエナベントゥーラで乗船した連中の一人だったよ。オールド・バルディで戦死したが、悲しいのはそれではない。だってわたしたちはみんなコロンビアにいるときから、あいつが戦死するのがわかっていたんだから。あいつはあんなことには向いていなかったんだ」

「あなたたちの中にそれに向いた人はいなかった」メルセデスは言った。「それとも誰か雪の中での戦い方を知っていたというわけ？」

「指をなくしたのが何人もいました」グティエレスは言った。「グリンゴの言うことを聞かなかったせいです。雪は予想外でした。サラサール、きみも雪の中で戦う羽目になったか？」

「ええ」サラサールは言った。「でもパパサンと一緒ですが」

退役軍人たちが大笑いしたので、周りの輪の注目を浴びた。パパサンとは、前線近くにある売春宿を経営する恰幅のよい男をさし、その売春宿では、細身の韓国女がC－7爆弾が入っていた古い空箱を使って即席の寝所を組み立て、五十センターボで身を売っていた。サラサールは時間と機会を重ねていくうちに、そういう場所に言及して話題を変える方法を、男ならわかる話でごまかす手口を学んでいった。「口数の多いやつほど何もしていない」最近催された記念行事で、ある退役軍人がサラサールにそう言い、彼は実際そうやって切り抜けていた。短く謎めいた言葉だけ使って細切れの情報を残すと、他人は言外の意味に気づいて、あとはそれぞれが想像力や記憶力で足りない部分を補ってくれた。サラサールはそうしているうちに、自分が本当にあそこに行っていたのだと、ビールを飲んでグリンゴのレコード・プレイヤーでフランク・シナトラをかけていたのだと一瞬、思い込んだ。こっちの戦争から逃れてクソのような仕事で生計を立てていたのではなく。

「ということは、あなたはそういうタイプなのね」メルセデスは言い、言外の意味を理解しただけでなく、斜に構えた微笑みでそれを評価した。

「といっても自由時間にそうしていただけです」サラサールは言った。

とそのとき、何かが起きた。メルセデスの顔、皮肉が交じるかすかな笑みのうえを影が急に通り過ぎた。勘違いに決まっている。肌に光が反射したか、視線の色だろう――サラサールが想像したのはたぶんそういうことだった。「どうやら雨が降り出しそうだ」と誰かが言った。トルヒーリョはグティエレスを相手に、最近亡くなった退役軍人のことを話していた。顔から微笑みが消えたメルセデスは、芝生に何かを落としたかのように地面をじっと見つめ、その固くなった口元には縦の年齢線があらわれていた。周りの退役軍人たちは逃走方法に関して受けた講義を、より高度な訓練を受けた将校が、中国人に捕らえられた場合にどうすべきかを教えた講義を思い出していた。メルセデスは芝生に落とした物を、硬貨を、イヤリングを、不快な記憶を探していた。夫は最も危険な任務のことを、二十五人の兵士が無人地帯まで雪原を踏破する夜間の巡回作戦のことを話していた。その瞬間だった。雪で足音が聞こえなかったこと、丘の反対側で中国人と遭遇するかもしれない恐怖についてグティエレスが話し、周りの人の注意がその夜間の巡回作戦に集中しているその瞬間だった。メルセデスは目線をもう一度上げた。サラサールは彼女が探し物を見つけたことがわかった。まるでこの五十年の月日が崩れ落ち、メルセデスは再び彼、サラサールの前にいたとき、彼がサラサールという名前であることを知らず、彼も彼女がメルセデスという名前であることを知らなかったときに戻ったようだった。二人は世紀の中ごろのある午後、ボゴタの中心街にある酔っ払いだらけの店でカフェオレを飲みながら、時間が過ぎるのを待っていたのだった。そのみじめな場所で、メルセデスは頭に黒いショールをかぶっていたが、宝石のように輝いていた。

「わたしたちが見つけたのは二人の中国人の死体でした」グティエレスは言った。「死んでいて、しかも凍っていました」

「見えたのか？」トルヒーリョは尋ねた。

「サーチライトが点いていました」グティエレスは言った。「雲もありました。夜明けのようでした」

サラサールが見つけた仕事は奇妙だったが、当時は蹴るわけにはいかなかった。サラサールは若く、学歴も職歴もなく、そのうえ脱走兵だった。したがって彼は、来る日も来る日もウィリス・オーバーランドのジープに乗って東部平原のほうへくだり、グアティキア川の岸辺に出てジュートの大きな袋を抱え、ほつれて外に飛び出したジュートの糸に両腕の皮膚を引っ掻かれながら歩き回っていた。頻度はいつも同じで、週に一度だった。サラサールは村の二人の子どもに炭酸水を買ってやり、彼らの助けを借りて、蛙を生きたまま大袋に詰め、ボゴタに戻って中心部にある試験所に三ペソで売った。二回往復したあと、何の用途に蛙を使うのかを思い切って尋ねると、一夜明けて妊娠したかどうかを知りたい女たちのためだと言われた。蛙に人の尿を注入すると産卵することに驚いてもよかったはずだが、サラサールが実際に思ったのは、一週間にそんなに多くの女の利用者がどういうわけで、同じ不安を抱えて試験所に来るのだろうということだった。蛙を試験所に渡し、理由は不明だが用をなさなかった蛙を引き取ると、街を縦断して北部の湿地帯で処分した。そこはコムーン橋のすぐ近くで、ウィリスのジープを停めておいても目立たなかった。そうして四カ月か、たぶん五カ月ほど生計を立てた。試験所の受付で報酬の支払いを待ちながら、雑誌でコロンビア人の最近の戦死者を知り、俺だったかもしれないと思ったことは忘れなかった。ビジャビセンシオにいるときにオールド・バルディの戦いのニュースが届き始めたのは忘れなかった。韓国から最後の船がその後帰還したときにはその仕事を辞め、次の仕事、たぶん闘牛場の清掃をしていたことは忘れなかった。しかし何年ものあいだ——たぶん数十年——、灰色の目をして明るく光る髪をした女がその頃のある日、彼に近づき、手に三枚の高額紙幣を握りながら、彼を信頼してよいかと尋ねてきたことはすっかり忘れていた。

「無人地帯を?」トルヒーリョは言った。「しかもあなたが指揮官で?」

「地図だけですね、持っていたのは」グティエレスは言った。「中国人が制圧しているかどうかを知るためでした。二十五名のコロンビア兵は雪に埋もれ、軍服の上に白いジャンパーとズボン姿でした。各自携帯用のライトを持っていましたが、点ける必要はありませんでした」

「サーチライトが点いていたからな」トルヒーリョは言った。

「その通りです」

サラサールは周囲をさっと見回したが誰もいなかった。それは奇妙なことだった。灰色の目をしたその女は、ボゴタの中心部を一人きりで、友人も部下も付き添いもなく出歩くタイプではなかった。説明を求めるまでもなく彼は理解し、女の手にマジックショーのトランプ・カードのように小瓶が握られているのを見たとき、中身は尋ねなかった。時期尚早に厄介ごとに巻き込まれ、別の時代なら数週間待って、自身の血によって、いやむしろその血が出ないことで、最も恐れている事態を確かめるこの種の図々しい女たちがいることについて、彼は試験所からすでに伝えられていた。それがいま、時間単位で確かめられた。サラサールは小瓶を受け取らなかった。琥珀の液体はそこ、二人のあいだにとどまり、真っ昼間、しかも八番街だったので、誰の目にも入り、女は慌ててコートの大きなポケットに戻した。「どうして自分で試験所に持っていかないのですか？」

「そのためにお金を払うのです」女は言った。「あなたに持って行ってもらうために」

「でも俺はあそこで働いているわけではありません」サラサールは言った。「蛙を運ぶだけです」

女はぎごちなく黒いハンドバッグを探り、紙幣をもう一枚見つけた。眼差しにはすがるような、子どものような何かが宿っていた。

「お願い」言った。

グティエレスは、兵士の足音、無音の夜の二十五名の兵士の足音が聞きつけられないようにしていたことを話していた。「そんなにいたら、雪の中でも音が出る」グティエレスは言った。わざとらしくそこで話を止めると、トルヒーリョは指図を理解した。二人で声を合わせ、わかっている者同士声を揃えて言った。「俺をマルハへ！」それが合図だった。砲兵隊の偵察兵は足音を隠すために砲撃を行なった。そうすると、敵は警戒体勢に入った。

「怖くなかったの？」トルヒーリョの妻が尋ねた。

「ほかは知りませんが、わたしは怖かった」グティエレスは言った。

「夫はそういう話をしてくれたことがないの」トルヒーリョの妻が言った。

「もちろんしたさ」トルヒーリョは言った。「数えきれないほど」そして周りに言った。「わたしが作戦について話すと妻は途中で寝てしまうんだ」

「撃ってきたの？」彼女は尋ねた。

「それが狙いでした」グティエレスは言った。「作戦は敵の位置を特定し、どんな武器があるかを知ることでした。敵には撃ってもらいたかった。敵が撃ってくることが必要だったのです」

「怖い」トルヒーリョの妻は言った。

サラサールは試験所に戻ったが、昼の休憩で閉まっていた。そして予期しない状況に置かれる羽目になった。労働者だけが入るような食堂で、黒砂糖水の入ったコップを前に、裕福な少女の尿の入った小瓶を預かったまま食事をしていた。支払いは女の新しい紙幣で済ませ、人を眺めてたっぷり十五分待った。すると誰かが雑誌の『クロモス』を置いていき、サラサールは目のやり場を写真に持っていった。韓国に関する記事がたくさん載っていたが、サラサールはそのどれも読まなかった。写真に集中し、イメージを記憶し、キャプションを頭に叩き込んだ。懸命にそこにいる自分の姿を想像した。試験所に戻ったとき、ちょうど再開したところだった。白いガウンの女性が小瓶を受け取り、彼の名前を書き取った。サラサールは、自分の名前がそれまでにはない価値を宿したと考えながら名乗った。サラサールは、他人が名前を言わずに済むように、自分の名前を貸したのだった。「あなたって蛙を運ぶ人でしょ」白衣の女性は言った。

「ええ、そうです」サラサールは言った。

「へえ」女は、彼を見直したようにも、愚弄したようにもとれる、かすかな笑みを浮かべて言った。サラサールは気にならなかった。尿が自分の恋人のものなら気にしただろうと思った。そのとき自分が尋ねている声が聞こえた。

「見ていいですか?」

「見るって何を?」

「作業です。俺はいつも蛙を運ぶだけで、そのあとどうなるのか見たことがないから」「そのあと起きたことを我々は知りませんでした」グティエレスは言った。「こういうことは通知なくはじまりますから」

砲撃は夜の底からやってきて、それは見えない場所からずっと発射され続け、兵士たちは閃光と轟音のするなかで砲弾の落下場所に注意し、首をすくめて恐怖を抑えていた。情報部の士官が敵の位置を測定し、偵察し、結論を出すまで、グティエレスの命は危険にさらされていた。しかし完全な暗闇に包まれ、両膝まで白い雪に埋まっていると、結論や測定結果ではなく、生き残ることだけを考えていた。

「それにボゴタに残した恋人のことも」彼は言った。「帰還して結婚しなくてはと考えていました。彼女がウェディングドレスを着る機会を失わないように」

その瞬間だった、すぐ近くで爆発音がして耳が聞こえなくなり、空気が震え、耳元でヒューヒューという音が鳴りだした。そして自分が負傷したのかどうかもわからないまま、仲間の兵士の刺すような悲鳴が届いた。すぐには誰だかわからなかった。凄まじい痛みが男たちの声を歪ませていたからだが、衝撃は彼の右側で起きていた。グティエレスは手探りで兵士を追った。というのは、夜が突然明るさを失ってしまったのか、あるいは、恐怖で混乱するあの世界で思いついたのはそれぐらいだったのだが、野営地のサーチライトが故障してしまったからだ。「十メートル離れたところにいました、でもその十メートルが永遠のように思えました」グティエレスは言った。「平原全体を渡るくらいに」

「誰だったのだね？」トルヒーリョは尋ねた。

「イェペスでした」グティエレスは言った。「ブエナベントゥーラで最後に志願した一人です」そこで一旦切ってから言った。「砲弾で足を吹き飛ばされました」

「いやだ、恐ろしい」トルヒーリョの妻は言った。

「問題ばかり起こしている連中だったな」トルヒーリョは言った。「つまり最後に入隊したやつらのことだ。本物の兵士ではなかった」

「で、あなたはどうしたの？」トルヒーリョの妻は言った。

「彼を背負いました、そうするしかありません」グティエレスは言った。「幸い小柄な若者でした。それに痩せていて、贅肉もなく。七十キロかそれくらいでした。それでも雪のせいで何もかも重くなりましたが」

「ご主人は英雄だわ」トルヒーリョの妻はメルセデスに言った。目を大きく見開き、感嘆の笑みを浮かべていた。「どうやって知ったの？」

「マスコミからよ」メルセデスは言った。

「マスコミですって？」トルヒーリョの妻は言った。

「銀星章をもらって、新聞に出たの」メルセデスは言った。しかし声のトーンが変わっていた。

「具合が悪いのか？」グティエレスは妻に言った。

「何時？」彼女は言った。「家に戻らないと」

「三時ちょうどです」サラサールは言った。「結果は一時間後です」

「一時間」女は繰り返した。

「もしよければまたあとで来てくれませんか」サラサールは言った。「ここで待ってますから」

二人はサラサールが前日に食事をしたのと同じ店にいた。彼は、若い女の思い描いた通りに事が進んでいないのに気づいていた。女の考えは、匿名の二人として道端で再会し、サラサールに結果を渡してもらって、それぞれ来た道を引き返すというものだった。女は居心地が悪いというよりは苛立っていた。たぶん神経が張り詰めていて堪えられなかったのだろう。彼女も早く着いてしまい、検査結果がまだ出ていなかった。そう、そうだった——神経が張り詰めていたのだ。女（とはいえまだほんの少女だったが）は青ざめていた。少なくともサラサールにはそう見えた。それに、上質のライター、銀の小さな箱型で、側面にライオンと刻銘が彫られているライターで、口に持っていく煙草に火をつけようとしている手が震えているようにも見えた。若い女は苦労して煙草に火をつけた。力強く吸った。煙を吐き出す唇には絶望と行儀良さの両方が混じり合っていた。「ああ、どうしよう」女は言った。そして両手で頭を抱え込んだ。近くのテーブルから好奇の目が届いた。

「どうしてこんなことに」

「どんなこと？」サラサールは言った。

「私はここにいちゃいけないの」若い女は言った。「こんな場所にあなたと座ってるなんて」

サラサールは自分が女よりも二、三歳年上だろうと見積もったが、確信は持てなかった。彼は唐突に、女を庇護したい、道に迷った孤独な若い女に幸福になって欲しいという説明のつかない思いを感じた――こんなところに独りでやって来て、自分のような人間と座っている女に。頼むから泣かないでくれ、彼は思った。

「心配しないでいい」女に言った。「俺がすぐ試験所であれを引き取ってくるから。あなたはここか、嫌なら別の場所で待っていればいい。あなたに渡したら、俺とは二度と、二度と会うことはない」

女は顔を両手のあいだから出して、サラサールは再び灰色の目と向き合った。動揺し、吊り上がった眉の下で、悲しそうではあったが、泣いてはいなかった。

「あなたはいい人ね」女は言った。「ありがとう」

「作業がどういうものか教えようか？」

「なんですって？」

サラサールは、自分でもなぜこんなことを言い出したのかよくわからなかった。たぶん沈黙を埋めようとしていた。たぶん沈黙の時間は、神経質になっている女にとっては敵だったからだろう。しかし彼はいつのまにか、前日の午後に目にした蛙の話をしている自分の声を聞いていた。蛙の白い腹、注射針が柔らかい体に刺さっても表情を変えない飛び出した目。女は不快な表情を浮かべたが、その不快さから、少女らしい笑顔がこぼれた。「そんな話しないで、ひどい」女は言い、サラサールは、湿った皮膚に刺さる注射針、その後、他の蛙と取り違えないように蛙の足（蛙の足には特別な呼び方があった）に付ける札について語った——取り違えがあったらとんでもないことになってしまうから。そして一日待つ。でもどうやら、とサラサールは言いはじめた。いずれはそこまで待たなくても良くなるでしょう。実験をしている人がいますから……

「夫は韓国にいるの」女が口を挟んだ。「夫じゃない、恋人だけど」その後言った。「彼は世界を救おうとして命を賭けているのに、私はこんなことをして」

「前線にいるのですか？」

「神は許してくれない」

「前線にいるのですか？」サラサールは繰り返した。「コロンビア人は占領軍として行きました。彼は前線に？」

「どこにいるのかは知らないけど」若い女は言った。「でも勲章をもらったばかりよ。銀星章だと思う。新聞に出ていたから」

「知らなかった」トルヒーリョは言った。「知っていなくてはいけなかったが、知らなかった」

「何もかもを知ることはできませんよ」グティエレスは言った。

「何年過ぎてもまだ驚くことがある」トルヒーリョは言った。「だから記念式典に来るのがわたしは好きなんだ」

「帰国のときはどうだったの？」トルヒーリョの妻は尋ねた。「英雄はどのようにもてなされたのかしら？」

「ええ」グティエレスは言った。「我々は全員が英雄として迎えられました。どうしてか？　それは我々が最後の帰国組だったからです」

「でもあなたの場合にはそれ以上のものがあったのよね」彼女は言った。

「我々は戦争に勝利したからな」トルヒーリョは言った。「コロンビア人は……」

「わたしが忘れられないのは」グティエレスが口を挟んだ。「母親たちが勢揃いしていたことです。ブエナベントゥーラからカリまで、母親たちはみんな息子が戻ってきているかどうか確かめようと街路に出ていました。当然戻ってこないのもいました、戻ることはなかった。母親たちは誰も知らされていませんでした」

「かわいそうに」女は言った。

「我々はボゴタに着いて、一団でボリーバル広場に行ったのだが」トルヒーリョは言った。「音楽が忘れられない」

「《戦場にかける橋》」サラサールが口を出した。「わたしたちを迎えるために楽団が演奏していました」

メルセデスはそのとき顔を上げた。唐突な動作だった——人形に電気が走ったような。サラサールは彼女の目を見つめ、その目、その灰色の目に、いままで見たことのない何かを見た。

「あら、そうなの？」彼女は挑戦するように言った。「あなたはどうして知っているわけ？」

彼女はすぐに後悔した。不謹慎な発言が続けて漏れてしまうのを怖れるかのように、唇をきつく結んだ。しかしそれはすでに漏れていた。それはそこにしっかりと存在し、誰の目にも明らかだった。

サラサールは別の機会ならそうしたように、それをよく覚えているとは言わなかった。別の多くの戦争に行った兵士たちが口ずさんでいたそのメロディーを彼は覚えていた。本当の題名は《ボギー大佐》だったが、韓国からの帰還兵は、戦争がすでに思い出になった頃にコロンビアに届いた映画と重ねるのに慣れていた。サラサールはこういうことは何も言わず、獣が横を通り過ぎているあいだは呼吸を止めている人のように沈黙を守った。灰色の目は彼を憎んでいた——憎んでいるのは、彼が何から何まで知っているからだ。灰色の目の女は彼を憎んでいた。彼が韓国に行っていないから、コロンビアに残って蛙を売っていたから、ある午後街の中心部の試験所から結果を持って出て、古いポンチョとフェルト製のソンブレロの臭いのする場末の店に入ってきたからだ。彼女はそこでテーブルに肘をついて口に両手を当てて待っていた。彼を憎んでいたのは、結果の入った封筒を開け、世界で最も美しい言葉、彼女に人生を返し、人生を再開させられる、いやそれ以上に、何事もなかったかのように生きられる言葉を紙に見つけたとき、彼が出て行かなかったからだ。彼を憎んだのは、彼が店に残って粗野な木製のテーブルのそばに立って、彼女に付き添って支えていたからだ。一人でそれをできるとは思えず、彼女自らが付き添って支えて欲しいと彼に言ったにもかかわらず、彼を憎んでいた。サラサールは思った。自分を憎んでいるのは、自分が彼女の安堵の表情の証人になったからだ。そして自分が彼女の抱擁を、相応しくない抱擁を、彼と再会すると知っていたら、絶対にしなかったはずの抱擁を受け取ったからだ。

「あらごめんなさい」そのときメルセデスは言った。「あなたも戦争に行っていたら、当然知っているわよね」

「ええ、奥様」サラサールは言った。「わたしも向こうにいました。ご主人のように銀星章はもらってませんが、行っていたんですよ」

「怒らんでくれ、サラサール」グティエレスがとりなした。「妻は別に……」

「着いてから十三番街を行進しました。あなたのご主人のようにね。そして《戦場にかける橋》を口ずさみました。あなたのご主人のようにね」

「しかしなんでそんなに」グティエレスは言った。

空が暗くなり、テントからは人が去りはじめた。退役軍人とその家族は駐車場のほうに戻り、静けさ、開けた空間の静けさが彼らの間を吹きすぎた。韓国の少女たちは仏塔の前にいなかった。活気ある会話の人の輪もなくなっていた。昔のことだからな。サラサールは思った。行った振りをして、過去を歪めて、細部を雄弁に、疑念が生まれる前にそれを消し去れる細部を雄弁に語って何年も過ぎた。そのとき激しい疲労感が彼に、彼の両肩にのしかかる感覚を覚えた。夜、雪の中で我々が担いできた体のような重さの疲労感だった。

「違います」そのとき自分がそう言うのが聞こえた。

「何が違うんだ?」

「わたしは十三番街を行進しなかった」サラサールは言った。

「あなた、行きましょう」メルセデスは言った。

「わたしは他の人のように歌を口ずさまなかった」

「疲れたわ」メルセデスは言った。「行きましょう、お願い」

「わからん」トルヒーリョは言った。「何が言いたいのだ?」

とそのときサラサールは、ようやく安堵できると思った。しかしその安堵とは、たとえそのあとで身投げするとしても、自分が暴露する真実によってもたらされる安堵であるだけではなく、力としか言いようのない何かでもあった。周囲の人たちを道連れにする力、自分と一緒に身投げするよう連れ出す力、彼が宙に落ちていくあいだ、英雄的な思い出を持つその人たちの人生をすべて見る力。まるで寓話に出てくる、屋上から身を投げ、落ちていくとき、光の灯った部屋の窓の中に他人の人生を見るあの自殺者のように。その寓話では、哀れな自殺者は、笑いと慰めと小さな幸せを味わった他人の人生を眺めることによって、そんなふうに自殺することは誤りだったと確信するのだが、自殺者にその啓示が訪れたのは、間に合わなくなってから、アスファルトに叩きつけられて死ぬのが避けられなくなってからだった。

サラサールは、その存在しない自殺者を気の毒に思った。そしてそのあと、自分の話す声が聞こえた。

悪い知らせ

彼と知り合ったのは、一九九八年六月のパリ、将来の見通しが立たないときのことだった。おりしもフランスではサッカーのワールドカップが開催中で、パリ市は市庁舎広場、とても平穏で、普段なら本のサイン会や絵画展が開かれる場所に、巨大なスクリーンを設置した。スクリーンを両脇から挟むコンサート用のスピーカーは騒音を吐き出していたが、その音はほとんど聞こえなかった。ファンの叫び声と街路の往来にかき消されていたのだった。試合を見ようとして出てきたわけではなかった。イランVS米国。ぼくにはさほど興味の持てない試合だ。とくに見るつもりはなく、歩いているうちに、ほかのどの場所に行ってもいいはずなのに、たまたまそこに導かれていた。その頃、ぼくのパリ生活はすでに悪いほうに向かいはじめ、街は敵意をもった怪物に変身していた。だが本当に変身したのは街ではなくぼく自身だった。パリがぼくたちが差し出したものを与え返してくれるあの場所のひとつであることを理解するまでには、つまり（愛や仕事に）勝利を収めた者にはオープンで寛容な素晴らしい街だが、失敗した者には残酷で屈辱すら与える街であることを理解するまでには、もっと多くの経験、別の場所での長い暮らし、人びととの会話が必要だったのだ。ぼくは挫折しつつあった。いま振り返れば、それは歴然としているのだが、その当時、それほどとは思えなかった。人間には、この種の厳然たる事実を拒むメカニズムが嫌というほど備わっているものだ。ぼくは街路やカフェで時間をつぶし、歩いたり安ワインを飲んだり、とにかくひとりでアパルトマンに閉じこもらないように時間をやり過ごした。どうでもいいことをネタに見知らぬ人と会話をする習慣を身につけた。ぼくは、人に物語を語らせる何らかの才能が自分にあるのを発見した。ぼくの人格の何かが人を信頼させ、新しい人と知り合うや否や自分が気に入られることも発見し、その新しい感覚が心地よかった。気づかぬうちに、その感覚を再び味わおうとして、ぼくを憎もうとしている街（そうぼくは信じていた）に居心地の良さと、自分の価値が認められていることを感じたくて、ぼくは会話を探しもとめていた。

その日、試合の日もそうだった。ぼくはスクリーンを見つめる人の群れに混じっていた。しかしすぐに群れから追い出され、諦めてビールを飲むことにしたが、そのあいだに試合はあらゆる予想をくつがえしてイランが米国にゴールを二つ決め、見かけ以上に意義深い試合を有利に進めつつあった。ぼくは最後のゴール、米国のあの無意味なゴールをバーのテレビで、客が広場に行かずに飲みながら試合を見られるように、急ごしらえで台に置かれた小さなテレビで見た。画面の中で審判が終了の笛を吹いたとき、カウンターの隣にいた客、およそ四十歳くらいで、明らかに米国の、そしてほぼ間違いなく南部の英語を話している男が声を張り上げた。「ざまあみろ」《ビエン・メレシード》（実際には彼は英語で「サーヴズ・ユー・ライト」と言った。ぼくがスペイン語にした「ビエン・メレシード」はとても近い意味だ。）自分の出身国を悪く言う人に、ぼくはつい暗黙の共感のようなものを覚えてしまうので、すぐに彼と会話をはじめた。

自身とは無縁の場所でひとり暮らしをしている多くの人たちと同じように、ぼくたちは何が気に入らないかをそれぞれ列挙しはじめた。ぼくはパリにきた理由、ここで二年暮らしていること、そして今は出ていきたいと思っている理由について彼に語った。なぜコロンビアに戻りたくないのか、なぜ住む場所を選べる自由が恩恵でもなんでもなく、最も重い罪状なのかを語った。彼は、どこでも良かったが、たまたまパリに来たと言った。その前はロタに三年いた、と説明した。ぼくがロタとは何かと口を挟むと、ポケットからボールペンを取り出して、紙のテーブルマットを裏返し、スペインの地図をどうだと言わんばかりに正確に描き（海岸部の描線や折れ曲がる国境線、そして方位を正しくするために全体を傾けさえした）、地図作成を終えると、カディスと蚊の糞の間にある南部のごく小さな点に指を置いた。そのときになってぼくは、ボールペンのペン先を、紙からほとんど離さずに地図を正確に描くことのできる、あの種の人たちのひとりが目の前にいるのだとわかり、男の布製の上着が隅々まで皺ひとつなくアイロン掛けされ、神経症患者のように髭を剃り、髪は厳格に切り揃えられていること――地図を描いたのと同じボールペンで塗ったかのような直角のもみあげ――にも気がついた。彼は軍人だった。その後、ジョン・レジスは彼の人生を語り、そうするだけで、ぼくがいつの間にか用意していた空の容器を簡単に満たした。何も隠さない人、話し方や挨拶の仕方、煙草の火の点け方に、人となりがすべてあらわれている人がいる。ぼくはジョン・レジスがその種の人だと信じた。なぜぼくが勘違いをしたのかを理解するのは難しくない。

ロタの軍事基地は米国がヨーロッパにもっている最大の基地のひとつだ、ジョン・レジスはぼくに説明した。基地のことになると、身振りと同じくらい大袈裟な単語を使って話した。基地はヨーロッパで最良の病院、ヨーロッパで最長の滑走路を備えていた（ヨーロッパで最大の飛行機であるC－5が着陸するために必要だった）。一九九五年の中頃、ぼくがボゴタで法学の勉強を終えたのと同じ時期に、ジョン・レジスはサウスカロライナにある、ぼくには聞き取れなかった地名の基地からロタに赴任した。彼はヘリコプターの操縦士で、このことを証明する書類を携帯し、まるでバーで他人に語ることにも、語っている内容を反論されないように証明することにも慣れているようだった。格納庫で撮影された、二つ折りにした写真に写っている彼は胸をはだけ、顔にフラッシュの光を浴び（その一瞬の光は明るく照らす部分だけを切り取り、奥の完全な暗闇と対照的だった）、シコルスキーのドアに寄りかかっていたが、ポーズを取っているのではなく、疲れているからだった。ジョン・レジスがヘリコプターについて話すとき、明らかに親愛の情がこもっていた。ほとんど言葉を用いて老馬の鼻筋を撫でているようだった。写真にはシコルスキーの内部、レーダーのディスプレイやそのレーダーを操作する人のシート、怪我人や、場合によっては死体を運び入れる広いスペースが写っていた。ジョン・レジスはもちろんそのことをよく知っていた。というのは彼自身が(一回だけ)死体を、(十七回にわたり)怪我人をそのスペースに横たえたからだった。「最近はもっぱらそれだ」とジョン・レジスはぼくに言った。「無謀なサーファーの救助」彼は地図に指を置いて、タリファの海岸を示した。無謀なサーファーが赴き、波の力に敗北して沖に流され、恐怖と寒さで震えながら、二度と繰り返さないと心に誓う場所だった。

ぼくたちはしばらくの時間をそうして過ごした。彼は救助についての逸話を語り、ぼくはそれに耳を傾け、彼はヘリコプターから海面に降ろすケーブルについて語り、ぼくはそのケーブルを思い浮かべ、彼はケーブルが海面に届くまでサーファーはケーブルに決して触れてはならない、感電する恐れがあるからね、と説明した……そのあと別のことについて話し、さらにそのあとも話は続いた。アンドレス・エスコバルという殺されたサッカー選手について話し、モニカ・ルインスキーという葉巻を吸わない実習生について話し、そのあいだグラスが行き来した。グラスがそうして二回ほど行き来したあいだのどこかで、ジョン・レジスはこれといった理由もなく、ロタ時代の親友のひとり、ピーター・セモネスという男の名前を出した。そのようにして彼は、すでにある意味で語り終えていたことから枝分かれした話を語りはじめた。そうする根拠がないわけではなく、関連性がない話でもなかったが、それでもぼくはなぜその話をぼくにしているのか、何度となく疑問に思わざるを得なかった。

ピーター・セモネスはヨーロッパの基地に駐留したパイロットの中で、最も才能のあるひとりだった。ピーター・セモネスは誰よりもシコルスキーを知り尽くしていた。ヘリコプターは彼の友人で、ピーター・セモネスはヘリコプターを、ぼくがジョン・レジスの写真に見たと思った老馬のように大切にしていた。ピーター・セモネスは──ジョン・レジスは語った──、格納庫の高い位置に巣を作るトビやフクロウをひとりで育て、巣の世話をして、周囲にも世話を頼んでいた。そのトビやフクロウを生かしておけば、ときどき低いところに下りてきて、平原のネズミや小さな鳥を食ってくれる、そいつらはタービンに入ってケーブルの被膜を食い荒らし、腐食性の糞でエンジンの中の壊れやすい部分をだめにしてしまうからね。レジスはその男を手放しで褒めたたえていた。ぼくは映画に出てくる海兵隊員のような、屈強な金髪の男を思い浮かべたが、レジスは彼の写真を持っていなかったので、それは確かめられなかった。その代わり、ぼくはピーター・セモネスが世紀末の奇術師フーディーニのごとく、水で満たした青色のあの箱に操縦士を閉じ込めて落とす、プールの脱出訓練の記録をいまだに保持していることを知った。機体番号が十三のヘリコプターに常に躊躇せず乗り込める唯一の男であるのも知った。迷信ではなく経験から、機体番号十三のヘリコプターは、ほかのヘリコプターよりも頻繁に落ちる――動詞はこのように使われる。非人称的な表現で、誰にも責任はない――ことが証明されていた。

そうしたことをすべて知った。しかしほかのことも知り、それを知りつつある途中で、ぼくは同じ質問を自分に繰り返していた。「なぜ？　なぜぼくにそれを語るんだ？」たとえばピーター・セモネスが既婚者であることをぼくは知った。妻は元ミス・ミネアポリスだった。名前はローラで、胸にそばかすがあった、とジョン・レジスはぼくに言い、彼女はロタの基地で暮らしながら、数年のうちに完璧な日課、本物の生活に見える完璧な見せかけの生活を作り上げた。ロタの基地での生活は作りものだ。ジョン・レジスはぼくに言った。米国聖公会の教会、まだヨーロッパに届いていないハリウッド映画を上映する映画館、まるで住人が五〇年代のカップルのように、コンヴァーチブルの車でキスをするドライブインシアター、ピザとハンバーガーを二十四時間出してくれるダイナー、ダイナーから数歩離れたところにスロットマシーンとビデオゲームのあるアーケード、ゴルフコース、野球場、アメリカンフットボールのグラウンド。パラレル・ワールドだ。ジョン・レジスは言った。そこにローラ・セモネスは住んでいた。ロタの街とも、アンダルシアとも、スペインとも、米国に住んでいない事実とも無縁の生活。ハリケーンが家をさらって、とジョン・レジスは言った。見知らぬ土地にその家を落としたみたいさ。『オズの魔法使い』のドロシーの現代版のようなローラ・セモネス。小犬も魔法使いも黄色の煉瓦道もないドロシー。

「おれたちはかなり仲が良かった」ジョン・レジスはぼくに言った。「そのあとはそうでもない。少し距離が生まれたんだ。事故が起こる前だ」

こうしてジョン・レジスは、ピーター・セモネスが故人だと語った。しかしなぜ？　なぜぼくに語ったのだ？　彼はぼくに話したかったのだ。ぼくは心の中で言った、彼は誰かにピーター・セモネスの死について話そうとして、試合が終わっても立ち去らなかったのだ。そしてぼくはその偶然の恩恵を受けた者、賞品がピーター・セモネスの死の物語であるそのくじに当たったようなものなのだ、と。そう。ぼくは心の中で言った。そうに違いない、と。ぼくの心を最も強く打ったのは、友人の死からまだ一カ月も経っていないことだった。その出来事はまだ生々しく、ジョン・レジスは両手が震え（気兼ねなく注文しはじめていたフォア・ローゼズが原因ではあり得ない）、軽くうつむいて語った（大切な人の死について語るとき、どんな場所も告解室になる）。いや、もしかすると心の奥底でぼくの印象に残っていたのは、かすかにしか震えない手、頭の傾き加減もわずかであることだったかもしれない。要するに、ジョン・レジスは起きたばかりの死をすでに手中におさめているようだった。そもそも彼の死は、場合によっては死につきものの、平静や安らぎをまとっていなかった。ピーター・セモネス、偉大な操縦士にして脱出訓練のフーディーニは、夏の通常の作戦中に、火事で燃え上がる山にヘリが激突して焼死したのだった。

「ちょうどその週、こういうことについて話しあったばかりだった」ジョン・レジスはぼくに言った。「いつかおれたちもこうなるのか、そしてそうなったら、どう思うのかって」暑い時期は火事が発生しやすい。ジョン・レジスはぼくに説明した。そして市民保護団体《プロテクシオン・シビル》──彼はこの単語をスペイン語で言った──はいつも、最終的にはロタにあるヘリコプターとヤンキーのヘリ操縦士に援助を求める。このときもそうだった。暑さが早々に地中海に腰を据え、火事はいたるところ、アンダルシアのどの山でも、石油ランプが落ちて割れるように続発していた。木が燃えれば、そこに簡単には消えない炎が生まれて風に煽られ、その炎は、ボーイスカウトがやる無害のキャンプファイヤーのように、松の枝や乾いた樹皮を養分とする。ある週末、ジョン・レジスと二人の同僚はマラガに飛んで、火事の現場の近くにある格納庫から作戦を指揮していた。三人の操縦士のうち一人が落ちたという連絡がマラガに届いた。不確実に包まれる数分が経過してから、身元確認の情報が届いた。操縦士の最終的な身元確認だった。ジョン・レジスは、誰かの死を願う恐ろしい感覚をもう一度経験した。友人の無事を願うことは、暗黙のうちに、別の、自分の友人ではない操縦士に対して死の判決を下すことだった。「いまでも生々しく聞こえてくるよ」ジョン・レジスは言った。「それを伝える若い男の声、落ち着いた声。全部聞こえてくるよ、しかも格納庫の静けさまで聞こえる、灼熱の暑さが聞こえる。そんなことがありうるのか？　おれにはわからない」ジョン・レジスはその後、友人を想像しながら、森に激突した衝撃で損傷し、無慈悲に炎に呑み込まれていく友人の体を想像しながら、自身に言うだろう。きっとピーター・セモネスが感じていた灼熱の暑さだったんだ、と。

「それで奥さんは?」ぼくは訊いた。

「おれの担当になった」ジョン・レジスは言った。「伝えに行く羽目になった」

ジョン・レジスがぼくに語ったこと――しかしなぜ? なぜぼくに語ったのだ?――は以下の通りだ。彼はぼくに語った。マラガからロタまでのあいだ、ローラ・セモネスのことをずっと考えていたことを。ピーターの焼けて傷んだ体を考えないように、彼女のことだけを考えようとして帰ってきたことを。彼はぼくに語った。いっそのこと『アルマゲドン』を上映している映画館に入ってそこから出ず、ベン・アフレックとリヴ・タイラーがあの歌、「アイム・リーヴィング・オン・ア・ジェットプレイン、アイ・ドント・ノウ・ウェン・アイル・ビー・バック・アゲイン」を歌うのを見て、ローラ・セモネスに夫の訃報を知らせる役割を世界に委ねたい誘惑に駆られたことを。彼はぼくに語った。すでに過酷になっていた暑さのなか、花や樹木の名前のついたあの街路を歩き、瓜二つの家並み、どれも米国郊外にあるような、壁が白くのどかな家、どれも赤い小旗のついた郵便箱が前に立っていて、どれもシボレーかクライスラーがポーチに停まり、場合によってはそのクライスラーかシボレーの横に、三輪車やキックボードが行儀よく並んでいる家の前を通り過ぎたことを。彼はぼくに語った。遠くから緑のホースで庭の植木に水をやっているローラ・セモネスのシルエットが目に入り、彼女が家の裏に回って姿を消し、両手で袋を抱えて再び現れるのを見たことを。

彼はぼくに語った。庭の正面に着いたとき、袋には種が入っていて、ローラが自宅と隣家の境界線になっている小さな畝に種を蒔いているのがわかったことを。彼はぼくに語った。ほとんど彼女に挨拶もせずに、座ってくれとも映画に出てくるような声のかけ方もせず、話があると言ったことを。そしてジョン・レジスは思い出し続けるだろう、種の入った袋が地面に落ちて、種がローラの足元、使われていないホースのそばで散らばったイメージを。わっと泣き出したローラが、土で手が汚れているのを忘れて両手で顔を覆ったのを。だからその後、ジョン・レジスが彼女を――失神して倒れて怪我しないように――精一杯抱きしめたとき、彼は自分の顔に、ローラの髪や頬についていた土、黒色の、濃い黒色の土、このスペインの沿岸部ではなかなか見つけられないような、人工的な土がくっつくのを感じたのだった。

歳月は過ぎ、ぼくはジョン・レジスを思い出すこともなかった。自分がパリを離れるとき、彼と別れたときのことを思い出さなかった（まるで友人同士のように力強く抱擁した）。バルセロナで暮らすようになった一九九九年十月、彼のことを思い出さなかった（ぼくに手紙を書くという彼の約束も）。家族でバカンスを過ごそうとして、成り行きでマラガに行った二〇〇七年八月、彼のことを思い出さなかった（死んだ操縦士ピーター・セモネスのことも）。しかしいざ行ってみると、ごく自然にパリのあの夏の思い出を取り戻し、知り合って九年が経過したジョン・レジスのことを思い出した。そして、あの会話を思い出し、妻や友人たちに何度か再現して聞かせたあと、ごく自然に、車を借りてマラガ―ロタ間の三時間を午前中かけて走破したいという誘惑に身を委ねる気になった。といっても彼に会おうというのではない。というのも彼がまだそこに住んでいることはありえないだろうから、大きさで隣町を上回る軍事基地の奇妙な風景をじかに見ようと思った。ロタでのぼくの肩書きは観光客だ。最悪でも、カフェやバルに座ってロタの人たちに質問をぶつけてみようと思った（ロタの人たちは、米軍基地の存在によって想像を超えるほど自分たちの生活が豊かになったことがわかっている。だから彼らはいつも、基地への感謝の気持ちと、その基地が結局は奇妙なものであるという考えに引き裂かれていた）。そしてそのあとで、どこかの雑誌に短い記事を書けば、旅費はまかなえるだろう。しかし心ひそかに、幸運の一撃で基地に入れるかもしれないという期待があった。残忍な太陽の下で基地の入口を守る若い軍人たちは、身分証代わりに持っているぼくの書いた本、あるいは、期限切れとはいえぼくの記者証を見たら、少なくとも頭を下げるのではないだろうか、と。もちろんそうは進まなかった。本を見ても少しも連中は驚かず、記者証には目もくれず、多少の礼儀はわきまえていたが、基地への立ち入りは禁止であると言うだけだった。粘っても無駄だ。ぼくは思ったが、粘った。予想どおり、粘っても無駄であるのがわかった。そしてそのとき、ジョン・レジスを探そうと決めた。

番号案内に電話をかけた。アンダルシアのものではない発音の女性が応じた。そういう名前の方はいません、ぼくに言った。

彼の姓をもう一度、注意深く、一文字一文字を、そうしているのを見たのを真似て、地名を使って言った。ロタのR、スペイン《エスパーニャ》のE、ジュネーブのG、アイスランドのI、スイスのS。どなたもいません。(ラテンアメリカの)女性が電話の向こう側から繰り返した。その名前の登録者はいません。

ぼくは急に不愉快になり、車に乗って、マラガまで行ける高速道路に繋がる国道に向かって出発した。しかしぼくが不愉快になったのは、ジョン・レジスが見つからなかったからではなく、見つからないことに自分が驚いている事実にだった。自身の単純さが不愉快だった。基地の周囲を走りだすと、遠くにある海が目に入り、港の戦艦を想像し、見えている煌めきは陽光がマストやレーダーにぶつかっているのだと思った。国道には終わりがなく、基地の鉄条網にも終わりがなかった。その鉄条網は、短く刈られた芝生を敷き詰めた不毛な土地を取り囲む基地の抑止装置で、その唯一の機能は軍事施設と市民生活を切り離すことにあった。ジョン・レジスの人生はどうなったのだろう、という疑問が浮かびはじめた。ロタの基地にどこかのタイミングで戻ったのか、ヨーロッパに引き続きいるのか、二〇〇二年のワールドカップ期間中にどこかのカフェで、米国戦を見ている彼と会った者がいるだろうか、と。いま、ぼくの失敗の中には欲求不満に似た何かがあった。突如、ピーター・セモネスが異常なほど容易く脱出できるプールを目にできないことや、タービンのケーブルをネズミが食べないように、ネズミを食べてしまうフクロウのいる格納庫に入れないことが欲求不満になった。ぼくは、かつては奇妙ではなかったが、いまはそうなってしまった街で、実際には奇妙でも何でもないあの奇妙な男と交わした会話の細部を思い出していた。ジョン・レジスが（二度と会わない人につきものの赤裸々さで）ほぼ自殺まがいにぼくに告白したことを若干の恥ずかしさとともに思い出していた。そうしているとき、そのときはじめてぼくは、ローラ・セモネスはどうなったのだろう、と自らに問うたのだった。車は停めずにバックミラーを見て、警察に不意打ちされないように注意して、電話を見つけてもう一度番号案内にかけた。スイスのS、スペインのE、マドリードのM、オスロのO、ニカラグアのN、スペインのE、スイスのS。「お繋ぎしましょうか？」交換台の女は言った。その数メートル先でぼくは禁止されたUターンをして再びロタに向かい、電話でローラ・セモネスと話しながら、なぜだかわからないが、たわいない嘘をついた。いや、嘘なんかではない、誇張、ちょっとした歪曲だ。ぼくはジョン・レジスの友人、ジョンはぼくにあなたのことをたくさん話してくれました、知り合えたら嬉しいです。

「あなたはジョニーの友人だったのですね」ローラ・セモネスはぼくに言った。

彼女の年齢を見定めようとした。四十歳、いや四十五歳。ローラ・セモネスの話すスペイン語は、アンダルシア風の子音と米国英語の子音が奇妙に混在し、Sは気音化して、Rは呂律が回っていなかった。そして確認できたことだが、彼女は実際、元ミスだった。ジョン・レジスが描写したそばかすはそこにあった。しかしレジスは、彼女の身のこなしの確かさ、握手するときのぎこちなさ（スペイン暮らしが長いのに、初対面で頬にキスをする習慣はなかった）は描写しなかった。ローラ・セモネスの声と仕草、小さなアパート内での動き方には、円熟としか呼びようのない何かがあった。冷蔵庫からサン・ミゲルの缶を差し出すときのようなごくありふれた動作における円熟。中央テーブルの透明なガラスにグラスを置くときの円熟。「それでジョニーはどうしていますか？」彼女は訊ねた。

「知りません」ぼくは言った。「会っていないので」

「そう、私もそうです。そのほうがいいわ」そして言った。「どのようにして知り合ったのですか？」

ぼくにさほど選択肢はなかった。パリについて、市庁舎広場について、サッカーの試合について話した。ジョン・レジス――ぼくは「ジョニー」と言った――が事故のこと、彼に降りかかった割に合わない使命のことを語った長い夜について話した。「彼にはとても荷が重かった」ぼくは自分が演じている役柄にすっかりなりきりつつも、自分がなぜそうしているのか、そこから何を得ようとしているのかよくわかっていなかった。しかしそのとき、ローラ・セモネスは純然たる当惑から、何のことかと訊ねた。そこでぼくは、ジョン・レジスが基地の家に到着したことと、ローラ・セモネスが事故の知らせを聞いた時に両手で抱えていた、種の入った袋のことを話したが、そのときのぼくはたぶん少し赤面していたはずだ。しかし、赤面していたりしていたので、ローラの顔に浮かびかけてくる不吉な薄笑い、ぼくを笑いに誘うのではなく、怖くなるほど痛烈な皮肉まじりの微笑みは予想できなかった。「彼はそう言ったのですか？」

「あなたは袋を落とした」ぼくは言った。「二人は抱き合った」

「私は袋を落とした」ローラ・セモネスは繰り返した。「私たちは抱き合った」彼女は一瞬待って、ぞっとするような微笑みから凄まじい号泣に予告なく移るかのように、急に泣き出すかのように見えた。そして彼女はシンプルな四語を言ったが、それは、彼女の口元では実際よりも短く響いた——「なんたるろくでなし《ケ・イホ・デ・プータ》」。

ぼくは、ローラ・セモネスが本当に起きたことを語りはじめたときの暑さを覚えている。缶ビールの表面で結露した水滴が、缶の周り、ガラス板に溜まりはじめていたことも覚えている。あとになってぼくはあらためて、ジョンとの出会いのときの問いが反響したかのように、ローラがなぜ、あるいはなんの目的で、あのことをすべて語ったのかを自らに問いかけるだろう。しかしこのときの問いかけは偽善的だった。このときのぼくは答えを知っていたからだ、このときは彼女がなぜ、あるいはなんの目的で、ぼくに語ったのかがわかっていた。彼女は誤った感情を正そうとしていた。彼女の記憶から、そこに残っていたかもしれない愛情の痕跡を消し去ろうとしていた。「あなたは基地の家を知っていますか？」ローラ・セモネスはぼくに訊ねた。知っていると言った（もちろんもう一つの嘘だ）。「いいでしょう」ローラは話を続けた。「私たちの家は学校の隣にあって、日中遊び回る子どもたちの騒ぎや叫び声、跳ね回るボールの音が聞こえています。それが一年中あるのですが、週末とバカンスのときは例外です。その日は日曜日でした。私はエアコンが好きではなく、好きになれず、だから窓を開け放っていました、そうしてリビングにいて、子どもたちのいない街路の静けさを楽しんでいると、そのときジョンが着きました。呼び鈴を鳴らさずに、開いている窓に顔を出しました。顔を見ただけで目的はわかりました。だから窓を閉めてドアを開けておいて、迎えには出ませんでした。私は階段を上り、そうしながら、時間を無駄にしないように服を脱ぎました。ベッドに着いたときに身につけていたのは、ピーターがモロッコから持ってきてくれた白いスカートだけでした。そしてスカートを履いたまま、言葉はひと言も交わさずにジョニーと寝ました」

彼らがそうしたのは二度目だった。最初は前の冬、酔っ払った末の事故だった。パーティの季節でした。ローラ・セモネスは言った。ピーターは訓練、捨てられたみたい。ばからしいことで喧嘩、復讐の気持ち。「そうなってすぐジョニーに、間違いだったから、二度目はないと言いました」ローラ・セモネスは言った。「彼はなんなく受け入れました。なぜなら彼もそれを望んでいました。ピーターは彼の友人でしたから。ピーターに多くを教えていました」しかし数週間が過ぎ、そのままでいるのはそれほど簡単ではなくなった。友人たちと集まって映画に出かけると（ジョン・レジスは必ず参加した）、不穏な事実がはっきりと二人の間に陣取りはじめた。二人は互いを気に入っていたのだった。「テーブルの下で触り合ったり、若いときにやるあの稚拙なことです」ローラ・セモネスは言った。「ピーターが作戦で出かけると、ジョニーが来てここで過ごして、音楽を一緒に聞いて、キスはしたかもしれない、でもそれ以上はなかった。わからない、私たちは怖かった、あるいは怖かったのは私だけかもしれない。何と言ったらいいか。心の底ではもう一度起きるとわかっていました。私もそんなにばかではありません。そのあと、そのスカートはごみ箱に放り込みました、もちろん。でも最初は映画に行きました。順番はセックス、映画、そしてスカートの処分です」

「映画に？」ぼくは訊ねた。

「ジョニーは、大丈夫、ピーターはまだ戻らないと言いました。彼に絶対？　と聞きました。ああ絶対だ、と彼は言いました。だから映画に出かけました。『アルマゲドン』。そのことは絶対に忘れません。隕石と宇宙飛行士の映画」

「歌の映画」

「そう、あなたも見ましたか？　アイム・リービング・オン・ア・ジェットプレイン」ローラ・セモネスは歌った。「あの歌が流れ、ジョニーは私の隣に座っていて、私の夫が死んだばかりなのを全部知っていました。いまでもまだ私は信じられないような気がします」

彼は彼女に伝えなかった。ジョン・レジスは伝えるべき知らせを彼女に伝えなかった。二人は友人同士のように映画館の外で別れ、ローラ・セモネスはひとりで幸せに家まで歩いた。まだ自分の行動に罪深さを覚えることもできず、映画の歌を口ずさんでいた。留守番電話に残った四件のメッセージが彼女を待っていた。最初のメッセージを理解するのに時間がかかった。情報の一部が、ジョン・レジスが伝えるべき一部が欠けていたからだ。「ぼくたちは残念でならない、ローラ」夫ととても仲の良いフリゲート艦の副艦長の声が言っていた。「迷惑かもしれないが、何か必要なら電話をくれないか」その後にもう三件のメッセージ。ローラはそれを聞いているあいだ、(細部はわからなかったが)何が起きたのかを把握していき、ジョン・レジスの訪問を、信じることができないまま、思い出していった。彼女は、やましさを覚えつつも、それとは裏腹に、彼からのもてなしを嬉しく思うようになった。彼女と最後に寝るためなら、残酷で暴力的とも言える沈黙を守ることができたあの男。ピーター・セモネスの死が伝えられれば、愛し合う二人の間に永遠に亡霊が棲まうことを自覚していたあの男。そのとき彼女は遠くにヘリコプターの音を聞いた。離陸しているのはジョン・レジスで、操縦士の一人が落ちたときの古い慣習にしたがっているのかもしれないと思った。できるかぎり早く飛び立ち、飛ぶことで恐怖を追い払い、死に逆らうのだ。

ぼくたち

彼が行方不明になって二日後、SNS上で、彼の元妻の気がかりな呼びかけが広まりはじめたとき、ぼくたち友人の間ではみんな、サンドバルはぼくたちと別れたあとで、二、三カ月前に付き合いはじめたばかりの新しい恋人、足首にタトゥーを入れたタフな二十代の女に逢いに行ったのだと考え、だから、夜は羽目を外して管理の甘いホテルにしけこんで、何本もの空っぽになったラム酒の瓶、それにつまずく裸の足、ガラステーブルにはコカインの残り滓が、と想像してもおかしくなかった。(彼の友人であるぼくたちは、彼のそうした行き過ぎを知っており、ときに大目に見て、ときにそれを諫めた。といっても表面的にそうしただけだ。ぼくたち全員が何度かそれに加わったことがあったからだ。)しかしたちまちSNS上で、彼が誰とも会っていないことが、新しい恋人にも彼の母親にも、隣人ですら彼を見かけていないことが明らかになり、当てになる最後の証人はタクシー運転手で、その運転手はその朝一番に、北部にある銀行の前で、タクシーの黄色いドアを鳥の翼のように広げたまま、エンジンを切らずにサンドバルを待っていた。そのあいだ彼は、この情け容赦のない街で身につけるべきでない額の紙幣をATMから引き出していたのだった。誘拐されたと考えられた。タクシー強盗《パセオ・ミジョナリオ》の話が出て、サンドバルが街中の銀行のATMで限度知らずのカードを使ってありったけの金を引き出し、その後、ボゴタ川沿いにある想像もつかない荒地に放り出され、そこから怯えながらも無事に歩いて戻ってくるのを、ぼくたちは想像した。SNSでは、連帯や支援のメッセージ、サンドバルの詳細——身長一メートル八十センチ、若すぎる白髪をとても短くしている髪型——や、まだ悲痛ではないが、楽観的でもない言葉を用いた幸運の祈りがぼくたちに届いた。しかしすでに、強盗がサンドバルを銀行から尾けて独りになるのを待って、所持金と腕時計と携帯電話を奪い、額に一発撃った場面を暗示する者もいた。

サンドバルの元妻アリシアは、ぼくたちの想像以上に、当初からかなり真剣に、あるいは少なくともかなりおおっぴらに懸念を表明した。二人は、サンドバルが退学する少し前に大学で知り合い、夫婦生活には微妙に釣り合いの取れていないようなところがあった。というのは、彼女の方がいつも彼を引きずり回している印象があったからだ。サンドバルに投資会社を起こすように示唆したのは彼女だし、最初の客を連れて行き、有能な会計士と契約したのも彼女で、経費の節約にシェアオフィスを見つけたのも彼女で、オフィスが古くてもたいしたことではないとサンドバルを説得したのも彼女だった。だってオフィスを出ていく人が、入るときより裕福になっているのなら、ガラスと木工用ボンドの匂いのする木製テーブルが並んでいてもたいしたことではないのだから、と。ぼくたちはいつも、アリシアにはサンドバルよりもふさわしい人がいると思っていた。だから行方不明になった当初ぼくたちは、彼よりもずっとしっかりした、世知に長け活発な女性が、ぼくたちの友人のような男のために、悲しみをすべて気力に変えている姿を見て、胸を打たれた。理解しがたく、つかみどころがなく、誰かに追い立てられているかのように、いつでも動き回っている男なんかのために。

その後ぼくたちは、彼が引き出した紙幣は目的地に正しく届いたことを知った。「お金は私たちに支払うためのものでした」彼の最後の秘書は、もっとあとになって尋問が開始されたときに言った。八時半ごろオフィスに着くと、彼女は上司の文字（風が正面から吹き寄せているかのように、後ろに傾いたあの文字）で、十一名の職員の名前が丁寧に書かれた封筒を見つけた。次いで、サンドバルが当該の月だけではなく、続く二カ月分も給与を支払っていたことがわかり、これをもって多くの人がSNS上で、ことの性質はわからないにせよ、彼はすでにその時点である決定を下していたのだ、と主張した。しかし、やがて「ATMのとき」と呼ばれるようになったそのとき以降の彼の身に何が起きたのかは、依然としてわからなかった。アリシアはぼくたちに、捜査の状況やまだ髭も生えていない退屈な警官に提出した訴え、最初は病院、次いで死体安置所での実を結ばなかった捜索についてぼくたちに知らせてくれた。そして小さな娘マレーナの苦しみについても。娘はなんでも勘づいて、チューリップ柄の毛布の下で密かに泣きはじめていた。ぼくたちは深夜にメッセージを送りあった。そうすることで、不確実性による不眠を分かちあいたかったのだ。

行方不明から三日後、入念なSNSは、あってはならない疑いが起きたことをぼくたちに知らせた。サンドバルの出国である。あふれかえるつぶやきは、ついに正しい人たちの耳に届き、善意ある雑誌は、本物かどうか判別のつかない映像をネットに載せた。サンドバルあるいはサンドバルにとてもよく似た人物は、出国窓口に近づき、職員がパスポートにスタンプを押しているあいだ、首の骨をぽきぽき鳴らすかのように頭を持ちあげていた。彼が本当に気づかれないと一瞬でも思ったのかどうか、ぼくたちにはわからない。しかしそうだったとしか思えない、でなければ身を隠すのにもっと注意を払っただろう。SNSではすぐに二つのグループの間で議論がはじまった。一方のグループは言っていた。サンドバルが何かから逃げているのであれば、変装したり、身を隠したりするだろう、フード付きの上着でも、野球帽でも、バジェナート楽団特有の麦わら帽でもいい、あるいは、せめてサングラスをかけて、いたるところにあるうっとうしいカメラに顔を撮られないようにしただろう、と。そうしなかったということは、と、もう一方のグループは主張した。それは自信があるからだ、常に自分が法律を超越してきたことのあかしにほかならない、自分は触れてはならぬ存在、すべての所有者、国は自分の農場のようなものであるからにして、自分たちはその監督者であることを深く確信して育ってきた、あの階級の一員であるのを信じていることにほかならない、と。

アリシアは身を削って配慮を求めたが、徒労に終わった。彼女は、彼が何か悪事を働いたことは証明されていないうえ、カメラに何が映っていようと、彼が生きているあかしは引き続き出てきていないと主張した（ぼくたちは彼女がそう主張するのを見た）。家族はそこで声明を出し、サンドバルが公式に行方不明者であると知らせた。**可能なかぎりの方法で彼と連絡を取ろうとしましたが、**元妻、母親、友人にも連絡はなく、**彼が我々のメッセージを受け取った証拠はありません。**SNSでは、近しい人たちが苦しむのを見ても反応すらしない彼を無礼者だと罵倒する人びとが出現しはじめたが、その一方で、すでに額を撃たれて車のトランクに入れられているかもしれないのに、どうやってこれに反応するのだと疑問を呈する人びとも出てきた。当局もまた声明を出して家族の声明に応じ、その声明によれば、サンドバル・グスマン氏は午前七時十四分にエル・ドラード空港で**出国手続きを済ませ**、二四六便に搭乗し、ワシントンに現地時間の午後二時三十九分に着陸したが、ダレス国際空港で**入国手続きを行なったかどうか**は未確認であることを**明らかに**した。しかしわかり次第、と声明は慈悲深く言っていた。**ただちにお知らせいたします。**

ワシントン？　ワシントンに向かうどんな理由がサンドバルにあったのだろう？　彼の人生についてぼくたちの覚えているかぎり、彼がワシントンを出張先のひとつとして話すのを聞いた記憶がなく、アリシアもまた、その地に彼の友人や関心ごとがあったことは思い出せなかった。SNS上には数時間のうちに、「米国にいるサンドバル・グスマンに支援を」「サンドバル・グスマンを見ましたか？」という名の一群のサイトが出現した。そしてそこには、サンドバルに似た人物の写真がアップされた。コロンビア特別区の住人として経験をアドバイスするコロンビア人の意見の数々（誰に伝えるべきか、どこで探すべきか）が載った。起こりえたことについての色々な見方も載り、そこには、昏睡状態や記憶喪失、あるいはスコポラミン剤を用いた強盗に巻き込まれたという見解も含まれていた。その薬によって強盗は意のままに人をあやつり、被害者が移動して飛行機に乗り、パスポートを提示しても、無意識状態にあることに誰も気づかないのだった。スタジアムで彼を見かけたという人がいた。バーのカウンターで彼と話したという人がいた。南に向かう同じバスに彼が乗っていたという人がいた。SNSでぼくたちは、哀れなマレーナについて話し、彼女のことを、彼女の頭をよぎっているかもしれないことを、アリシアがそれに対して言う答えを想像した（そしてその会話のなかにどれほどの真実が入るのか、どれほどの捏造が必要なのかを自問したものだ）。しかしぼくたちは、匿名のつぶやき、**それにあいつにはマヌエラという可愛いらしい娘がいる、娘を放り出すとはとんでもないろくでなしだ**、には答えなかった。ぼくたちは一度も答えなかった。娘の名前は正さなかった。たかが数文字の違いだった。それをして何になるだろう。ぼくたちは心の中でそれぞれ思った。マレーナはまだ四歳だから、いずれ全部忘れてしまうだろう。だがSNSでは何も忘れられないのも確かだった。すべてが十年後も十五年後も残り、少女が少女でなくなっているその頃に検索して知るだろう。なぜならSNSは何も忘れないからだ。そこでは良いニュースや嬉しいこと、大成功であれ小さな成功であれ、それはほんのわずかしか続かず、その一方で、誤りや罪、さまざまな失敗や不注意な発言など人生を汚すものはすべて、いつかぼくたちの顔に飛びかかろうと、注意深く潜んで準備を整えているのだった。ぼくたちが汚れを隠しごまかそうとしても、汚れは消えない、完全には拭えない。しかるべき物質に触れると、その汚れは再びぼくたちの人生の、汚れひとつない布の上に姿をあらわすのだ。

　ニュースは夜、広まりはじめた。それはぼくたちがその日の朝、目にした最初のものだった。太陽がまだ出ていないのに朝がはじまる人がいる。サンドバルはフロリダ州ジャクソンビルのホテルの部屋で死んでいるのを発見された。どうやらグレイハウンドのバスでワシントンを出て、ローリーとファイエットビルとサバンナを通過し、そこまでですでに十六時間かけての旅行だったが、最終目的地は不明だった。ホテルでハンバーガーとワインを一杯注文し、食事のあと食べ残しの載ったトレイを三〇三号室のドアの前に置いた。そして鉛筆で朝食注文用紙に記入した。宿泊客が夜中の決められた時間までに外のドアノブにぶら下げておけば、朝食を持って起こしに来てくれるあの用紙だ。彼はコーヒーとオレンジジュースと目玉焼き《サニー・サイド・アップ》に印をつけた。朝食時間として、七時半に印をつけた。その後、下着とTシャツになってシーツのあいだに体を入れ、ミニバーにある水のボトルで睡眠薬をひと瓶丸ごと飲んだ。発見されたとき、テレビはついていたが、寝る前にどんな番組を見ていたのか、誰も知らない。もちろん、いずれ知られるだろう。一つひとつの細部が知られていくだろう。しかしまだわかっていないこと、論争（とても痛烈な言葉が使われることが多い。SNSの議論は沸騰しやすいのだ）が続いている点は、いかなる理由でサンドバルは人生から逃げたのか、である。いまのところぼくたちには、これまでしてきたように想像することしかできない。大金を横領したのか、許されざる乱交の証拠が出たのか？　あるいは未成年の少女の写真や淫らなメッセージ、恥ずかしいキャプションのついた勃起したペニスの映像が出てくるのだろうか？　あるいはもしかすると、ぼくたちは、何らかの不法占有、手の施しようのない不正、覆せない判決のような決定的な診断結果を発見するのだろうか？　少なくともぼくたちの意見が一致したのは以下の点である。サンドバルが成し遂げたのは、あるいは成し遂げようとしたのは、逃亡、復活、新しい生の開始だった。彼は姿を消して別人か新しい人間になろうとした。あるいは誰の迷惑にもならないように存在するのをやめようとしたのだ。ぼくたちが間に合わなかったのは残念でならない。たぶん彼を救えただろうから。そう、ぼくたちのもとに戻るように彼を説得できただろうから。

空港

一九九八年九月、あるいは十月だったと思うが、いま頭のなかで時期が混じりあって、それが夏を目の前にしたときの出来事でなかったとは言い切れない。ぼくはまだパリに住んでいて、そのときは知らなかったとはいえ、パリを出ていく直前のことだった。生計を立てる方法が見つかりにくいというのが理由の一つだ。その前年、百二十ページの小説をコロンビアの小さな出版社から出版し、翌年には当時取り組んでいた小説が出るはずだったが、ぼくの経済状態は学生と変わらなかった。そういう状況の金曜日、電話がかかってきて、最初のうち、若干内容がつかめなかった。電話主は、次の日曜日にパリ北部のカフェで朝七時にバスがぼくを待っていると話し、そのときになってはじめてぼくは思い出した。M、ぼくの恋人が数週間前、セーヌ通りのスペイン書店の掲示版に小さな白い貼り紙を見つけ、そこには以下のように書かれていた。

映画のエキストラ求む
二十五歳から三十歳の男女
地中海風の顔立ち
一日のみ、五百フラン
経験不問

Mは、ぼくが躊躇するか断固拒否すると考えたのだろう。ぼくには言わずにプロデューサーが求める写真と簡単な履歴書を送った。いまぼくに電話の向こうから話しかけてくる声は、ぼくが選考を通過したと説明したが、いつも聞き慣れている感謝の言葉が返ってこず、ぼくの声のやる気のなさに驚き気味だった。たぶんそれが理由で、先方は、何の撮影か知っているのか訊ねてきた。「どんなのでも同じですよ」ぼくは言った。「役者ではないし、一度もやったことがないし、カメラの前でどうしたら良いかわからない」

「あら、でもそこらのカメラとは違いますよ」彼女は言った。「ポランスキーです。ポランスキーの最新作です」

もちろんそれですべてが変わった。土曜日に数時間かけて、中古ビデオ店やモベール広場のビデオクラブを巡り、午後のあいだに『ローズマリーの赤ちゃん』を見直し、『フランティック』も『死と処女』も見直し、あらためていつもの感動と驚きを覚えた。と同時に、彼の映画を見たときに必ず起きることが起きた――映画における恐怖と、実人生、つまりポランスキーの苛酷な人生における恐怖の間に永遠に横たわるであろう不穏な関係が、ぼくの頭から離れなかったのだ。しかしすぐにぼくは、ひとつの具体的な事実をのぞいてすべて忘れた。それは、何がしかの幸運のおかげで、ぼくは彼本人を目にすることができるということだ。ポランスキーを見て、彼が撮影している姿を見るのだ。こうして日曜日の六時四十五分、ぼくはそのカフェの前で、ぼくと同様に列を作っている二十人から三十人のグループに混じり、映画の筋を公開前に明かしてはならないとはっきり書かれた条項も含まれている、一種の同意書にサインした。その条項はもちろん意味がなかったというのは、その後エキストラには、どんな筋立てなのか明かされなかったからだが、サインするとき、ぼくたちはそのことを知らなかった。それでも、ぼくたちのあいだには疑問が広まっていた――「何の映画なのか?」「誰が出るのか?」「我々は何をすべきなのか?」名前や噂が飛び交うなか、ぼくたち地中海風の男女は列を作り、朝の涼しさに包まれながら、しかるべき指示を受け取った。ワイシャツを着た者もいれば、薄手のジャケットを羽織っただけの者もいた。ぼくたちはすぐにバスに乗り、一時間もしないうちに外からは見えないシャルル・ド・ゴール空港の駐車場、一般人が入れない場所に停車した。そこでは三十秒ごとに飛行機の離陸音(徐々に大きくなるエンジンの轟音）は聞こえるが、その代わり、それ以外のあの物音、つまり人のたてる音が完全に欠けていた。人がいない時、あの手の公共空間はそういう場所になるのだ。しかし、入るときぼくが考えていたのはそのことではない。そのことを考えていたとは思わない。一九六九年八月八日のことを考えていたし、それはぼくひとりに限った話ではないとも思っている。

その夜の出来事は六〇年代の十年間を決定的に終わらせた。ぼくにはそう見える。そしてその証拠は、ほぼ四年後に生まれたぼくが、その瞬間を生きていたかのように、捜査の進展とその結果を逐次報じる新聞を読む無数の読者のひとりであったかのように感じることにある。時とともにわかったのは、ぼくたちはみな、各々がその出来事を異なる方法で記憶し、各々なりに時系列を把握し、説明さえできることだった。その夜のことを思うとき、ぼくはロサンゼルスという街の奇妙な地形のことを思う。街を取り囲む丘陵の間には窪んでいるところがたくさん隠れ、その丘陵を縁どるように走る道は多くが行き止まりになっている。シエロ・ドライブはそうした行き止まりの道の一つで、一〇〇五〇番地はその突き当たり、そこで道が終わり、折り返している。屋敷は長細く、門からたっぷり百メートル以上は離れていた。実際、土地の区画内にある建物の配置や生い茂る樹々の枝葉によって、周囲にある他の屋敷とは隔たっていた。屋敷に着くには電動の門扉を通る必要があった。門の両サイドにボタンがあり、車から降りずに開けられた。しかしこうした細部のなかで最も重要なのは、ぼくがそれらを直に知っているわけではないことだろう。ロサンゼルスに行ったことはあるが、シエロ・ドライブには一度も行っていない。シャルル・ド・ゴール空港で、ポランスキーの映画のエキストラを演じようとしているとき、ぼくはその屋敷、樹々、入口の門扉とそれを開けるボタンを事細かに描写できることに気づいた。それは、あの夜以降、新聞や雑誌に載りはじめた無数の写真を見ていたからだ。後続世代であるぼくたちはそうした写真を受け継いできた。ザプルーダー・フィルム——吹き飛んだケネディの頭部——や、アウシュヴィッツの、あるいはトレブリンカの一連の写真を受け継いだのとおおよそ同じように。それらの写真、忌まわしいマスコミのその記憶を通じて、ぼくたちエキストラの誰でも想像ができるのだ。深夜少し前、ポランスキー夫婦の屋敷に殺人者が到着する場面を。

感電するのを恐れて門扉は使わなかったらしい。彼らは擁壁をよじ登って侵入した。それまでの三日間、ロサンゼルスは熱波に苦しめられていた。それと同じ暑さが二十九年後、シャルル・ド・ゴール空港の入口、ぼくたちエキストラが職員によって開けられるのを待っているガラス扉の前にあった。いや、そう思ったのは、もしかするとぼくだけだろうか？　ポランスキーは一九六九年にはすでにセレブだった。その前年、そうなるにはほど遠かったが、スターへの道のりを歩みはじめていた女優シャロン・テートと結婚した。写真、テレビドラマのシリーズ、その年に公開された映画、そのどれもが絶世の美女を映し出しているが、その女性が知的で、知り合ってすぐにポランスキーとロンドンで生活をともにすることができる大胆さを持ち合わせていたこと、著しくくだらない映画で著しくくだらない役を演じても、その自分をアイロニーを持って見つめ直すことができる女性であったことは人びとの記憶に残っていない。しかしいずれにしろ、二人が愛し合っていることは事実だった。一九六八年一月の二人の結婚は、『プレイボーイ』誌にほかならぬポランスキーが撮影した彼女のヌード写真が掲載されたあとだったので、ますますマスコミの関心を呼んでいた。その年の終わり頃、シャロン・テートは妊娠していた。一九六九年二月、ポランスキー夫婦がシエロ・ドライブの屋敷を住居としてロンドンからロサンゼルスに引っ越すのを決めたとき、彼女は妊娠していた。その年の最初の半年、ヨーロッパでいくつかの仕事をしているあいだ、彼女は妊娠していた。クィーン・エリザベス号にひとりで乗り、ロサンゼルスに向かった七月、彼女は妊娠していた。二人の取り決めで、ポランスキーは八月十二日、つまり出産の数週間前に到着する予定だった。八日、シャロン・テートは肖像写真を撮った。照明は申し分なく、テートは髪をまとめ、水着にTシャツ姿で、妊娠していることを見せびらかしていた。その夜三人の友人と食事に出かけた――ジェイ・セブリング、アビゲイル・フォルジャー、ヴォイチェフ・フリコウスキー。シエロ・ドライブの屋敷に十時半に帰宅し、シャロン・テートは、そのまま独りになりたくないので、泊まっていくように友人たちに頼んだ。少しあと、四人の殺人者――男が一人、女が三人、全員二十三歳以下――は古いフォードに乗って地所に着いた。全員暗い色の服を着て、全員ナイフを身につけ、一人はピストルを所持していた。彼らは丘の片側をのぼり、男が電話線を切断し、その後下りて、門扉を見つけた。彼らは擁壁をよじ登り中に入ると、出て行こうとするランブラー車のライトに照らされた。電話線を切った男は、待つように若い女たちに言った。ランブラー車に近づき、停まるように命じて運転手を何発か撃った。四人は屋敷のほうに歩きはじめた。女の一人が外に残った。残りの者は入口を探した。

ぼくは空っぽのスタジアムや閉館後の美術館で短い時間を過ごした経験はあるが、三十人もの集団で、大聖堂に入るように小さくなって声も出さずにシャルル・ド・ゴール空港に入ったときのあの奇妙さはその後感じたことがない（奇妙さと言っているが、不快感と言えるかもしれない——高い天井、冷たい床、いたるところにある窓が生み出す不快感だ）。すでにこのときにはぼくたちは、映画のタイトルが『ナインスゲート』、筋立てはペレス＝レベルテの小説『呪のデュマ倶楽部』に基づき、主演はジョニー・デップとエマニュエル・セニエ、ポランスキーの妻であることを知っていた。「三番目の」とフランス語で誰かが訂正し、ぼくが振り返ると、二十五歳に届かないくらいの、すでにそう口にしたことを後悔している若者とぶつかった——ポランスキーの妻のことはセンシティヴなテーマ、あるいはタブーでさえあると、みんなわかっていたのだ。撮影クルーの一員だとわかる青いチョッキを着た若い女の先導で、ぼくたちは職員もいなければ審査するパスポートもない出入国審査所のガラス扉を通り抜け、陽光によく照らされた通路に出た。別のエキストラの集団と合流した。チョッキの女性は他のクルーと一緒に、ぼくたちを通路のあちこちに配置しはじめ、あの空港のウィング、少し前までひと気のなかった映画用のシャルル・ド・ゴール空港は、ゆっくり、謎の力によって生気を得ていった。そしてそのとき、人の動きやエキストラからの質問、それに対するプロデューサーの答えがあたりを満たすと、集団が二つに割れた。その奥、線路に置き去りにされた手押しのカートのように、ゴムのタイヤが付いた黒い台車がとまっているのが見えた。その台車の上には、これも黒いカメラ、そしてカメラの横にはモニターがあり、どちらもわずかに銀の光沢で輝いていた(クロムとガラスが織りなすつつましい命だ)。そのカメラの前に、両腕があまりに細いので、Tシャツの袖が二頭筋の周りでゆらゆらしているポランスキーが座っていた。

ポランスキーは、別のもっと背が高くがっしりした男と会話をしている最中で、この男は従順にうなずいていた。二人の手は代わるがわるモニターに近づき、その後また議論になった(男はポランスキーを見ていた。いっぽうポランスキーは男を見ていなかった)。ぼくは注意深くポランスキーを観察した。彼の映画の数々の場面、パリの屋上について、ニューヨークのチャイナタウンの追跡劇について、船上のハネムーンについて考え、意識的にシエロ・ドライブと一九六九年の出来事は考えまいとしていた。まるでそれを考えたら冒涜行為、彼への敬意のような何か(たぶんそういうものだったと思うが)を汚すに等しいことであるかのようだった。そうしているあいだ、ぼくたちエキストラは、撮影シーンについて、そしてエキストラがどのように動くのかについて説明を受けた。ジョニー・デップ——ジョニー・デップが演じる人物——はマドリードに飛行機で到着し、飛行機を降りたあと、他の乗客に混じって歩きはじめた。と、そのときぼくは顔を上げ、シャルル・ド・ゴール空港の表示やポスターがスペイン語の、より正確に言えばスペイン語と英語のポスターや表示で覆われているのに気づいた。映画というフィクションのマジックあるいは罠によって、ぼくたちはマドリードのバラハス空港にいたのだ。ジョニー・デップが『影の王国への九つの扉』と題された本を探している最中で、その書物には九枚の版画が挿絵として含まれ、それを正しく読み解くと悪魔を呼び出せるのだが、すでに映画のそのシーンの時点で、版画に描かれた犯罪をそのまま模倣する犯罪が起きたあとだったことをのちにぼくは知る。しかし空港での撮影のあいだはまだ知らなかった。

ぼくたちは一人ひとり、デップ演ずる人物の周囲で取るべき動きが定められ、横で歩くのもいれば、窓の近くでもっと早く歩くのもいたが、ひとり、ただひとりだけが俳優とカメラの間を横切った。なぜプロデューサーがその役割をぼくに振ったのかはわからないが、それを考える十分な時間もなかった。というのは数秒後、ほとんど感じ取れないぐらいの動きがはじまり、その後ポランスキーの横にいた男が台車の上に立ち上がり、ポランスキーはカメラのレンズを隠れるように屈んで覗き込み、面倒くさそうに、あるいはぞんざいにも聞こえる風に、命令というよりすでに紋切り表現になっているあの言葉を叫んだ――「アクション！」。ぼくたちは指示通りに動き出し、最初、ぼくはその手順、他の乗客たちのそばを彼らにぶつからず、触れることもなく動こうとするのに精一杯だった。ぼくがジョニー・デップのすぐそばまで近づいたそのとき、誰か（ぼくには誰かは見えなかった）があのもう一つの紋切り表現、「カット！」と叫び、エキストラは惰性で動いているおもちゃのように、数秒動き続けて静止した。ポランスキーが助監督と議論している間、青いチョッキの人はぼくたちを元いた場所に連れていった。そしてもう一度、すべてがはじまった――ジョニー・デップは再びマドリードに到着し、顔には再び友人を殺害された悲痛の表情が読み取れた。しかしこのこともぼくたちは当時知らず、エキストラはその後、映画を見て、それを確認するのだった。ぼくはいつ映画を見たかを正確に覚えている。撮影の翌年、ブリュッセルの映画館だった。空港のシーンを見たとき、ジョニー・デップに同情心を抱いたのも覚えているが、いまになってみると、ポランスキーへの同情心だったかもしれないし、感じていた感嘆の思いも、生き残った人びとに自分が常に感じてきた、避けがたい感嘆の思いだったかもしれない。たぶんぼくが感じていたのは、あの奇妙な感覚、同時代性という強い感覚で、それは、数々のイメージや暴力、あるいは数々のイメージの暴力に包囲されているぼくたちの時代に特有のあの一種の符丁だ――不確かさに由来する感覚、あらゆることはフィクションであるかもしれないし、もっと悪い場合には、あらゆることは真実であるかもしれないという感覚。フィクションの世界における脅威は、それがいかなるものであれ、現実世界にも起こりうるし、ぼくたちがその犠牲になるという感覚。要するに、最も原初的で幼児的な恐怖の感覚、すなわち信じてしまうことへの恐れだ。ぼくが感じていたのが本当にそれだとするなら、その感情は、あの午後ジョニー・デップが辛そうに演技していることにぼくが注目するたびに発生した、なんと呼んでよいのかわからないもう一つの感情をともなってぃただろう。というのも、ジョニー・デップの目の前にはもう一人の人間が、その表情にはどんな苦しみも認められず、おそらくその同じ瞬間に正反対のこと、つまり平静や諦め、あるいは忘却を演技しようとしていたもう一人の人間がいたのだから。

＊＊＊

ぼくは、見たくも読みたくもなかったとしても、読んだ記事、見たイメージによって、それを覚えている通りに語る。起きたことを再生するのはぼくが最初でもないし、最後でもないだろう。以下のように語ることができるのは、時間が経過し、今のぼくたちにとって、誰が殺人者でなぜ殺害したのかわからなかった一九六九年に存在した、種々の混乱や様々な誤解や複数の解釈が存在しないからだ。彼らのうち三人がダイニングの窓から屋敷に入り、まずリビングのソファで寝ていたヴォイチェフ・フリコウスキーと鉢合わせした。「あんたたちは誰だ、ここで何をしている？」フリコウスキーは訊ねた。男は答えた。「おれは悪魔だ」女たちは屋敷を歩き回って住人が何人いるのか確かめた。寝室にアビゲイル・フォルジャーを見つけ、別の寝室にシャロン・テートとジェイ・セブリングを見つけた（死ぬことになる彼らは、それぞれその瞬間、殺人者たちを屋敷に出入りする知り合いと考えただろう。屋敷にはいつも素性のわからない人たちがいたから）。数分後、全員リビングに戻った。殺人者は彼らを床にうつ伏せにさせた。セブリングはテートを指して、妊娠しているから座らせてやるように求めたが、男の唯一の答えは彼を撃つことだった。その後、女の一人がセブリングの首をロープで縛り、ロープのもう一方の端でシャロン・テートの首とアビゲイル・フォルジャーの首を括り、ロープを投げて梁の上を渡して、引っ張りはじめた。女の一人はフリコウスキーに飛びかかり、彼はできるかぎり抵抗したが、もみ合い中にナイフで何回か斬りつけられた。走って屋敷を飛び出したが、殺人者は追いつき、銃床で何度か殴り、頭を蹴った。別の女はそのあいだにアビゲイル・フォルジャーを何度も斬りつけ、彼女もどうにか庭まで出たが、手入れの行き届いた芝生の上にガウン姿で発見されることになる。シャロン・テートは十六回斬りつけられた。逃がして、命だけは助けて、子どもを産ませて、と女殺人者に懇願した。しかし彼女の願いは叶わなかった。ポランスキーの妻、シャロン・テートはソファの横で胎児の姿勢で横たわって死んだ。

彼女を殺した女はタオルを拾い、それを使って犠牲者の血で、表玄関の下部にひと言だけ書いた

——ＰＩＧ。それからタオルをどこかに投げ、最終的にタオルはジェイ・セブリングの頭部に落ちた。その光景を数時間後に目にした者は、この顔の覆い方には何か意味があると口にし、それによって悪魔崇拝のセクトについて数えきれない想像が生まれ、それが続く数カ月間、この事件の捜査に影響を及ぼした。（ポランスキーは『ローズマリーの赤ちゃん』を監督していたので、それが噂を大きくした。シャロン・テートが不気味な儀式を行なっている写真が広まりはじめたが、誰かが、それは『悪魔の目』、テートが一九六七年に主演したオカルト的な筋立ての映画の一コマであると指摘した。）その後、二人の女と男は地所の門扉から出た。外に残っていた女はフォードで彼らを待っていた。丘の道路を逃げている間に服を着替え、荒地に血だらけの服を投げ捨て、深夜二時頃、スパーン牧場に着くと、そこには彼らが「ファミリー」と呼んでいるもののリーダーが待っていた。チャールズ・マンソンである。長髪で髭を生やし、痩せて小柄な男は、その後、眉間に十字架を彫り、それをやがて鉤十字に変えるだろう。作曲家として失敗したことに恨みを抱き、ビートルズの歌《ヘルタースケルター》に感化され、はっきりした理由も一貫性もなく、極端な残酷さ以外に特徴のない一連の犯罪を指示した。黒人にその罪が帰せられて人種間の戦争になるのを期待していた。幼少期から刑務所を出入りしたマンソンの調書には二つの通称が記録されていた——イエス・キリスト、そして神。

空港のシーンは七回やり直した。七回ともどこかがうまくいかなかった。あるいはポランスキーが意見を変えたり、照明が失敗して撮り直す必要があった。撮り直すたびに、手順はますます自動化し、ぼくの注意力は散漫になり、ほかのことに、ジョニー・デップの上着、付け髭ではないがそう見える髭、歩くときに見せる計算された失望の表情に注意が向いた。ある瞬間からぼくは、台車、そして華奢で弱々しい小柄な男に注目した。この男は、ぼくたちエキストラとジョニー・デップが生きている存在しない世界、シャルル・ド・ゴール空港がそのアイデンティティを捨て、バラハス空港に変貌した偽物の世界の責任者だった。ぼくはパリに住み、パリ生活にうんざりし、数カ月後にベルギーに引っ越し、その後一年でバルセロナに引っ越す駆け出しの作家ではなく、マドリードに到着する飛行機の搭乗客で、すれ違うその男が悪魔主義のセクトと接触しようとしているのを知らなかった。ぼくたち二十五歳から三十歳の地中海風の若者たちは、そのパラレルワールドでは別人格を持った人間で、全員その瞬間、ロマン・ポランスキーの命令にしたがっていて、彼がぼくたちの命とその法則の所有者であり主人だった。ポランスキーはぼくたちの動きを支配し、彼が望めばぼくたちに話すよう命じることができ、ぼくたちがそのパラレルワールドで行なっていることをコントロールでき、そして最も重要なことは、ほかの人がぼくたちに対して行なっていることもコントロールできることだった。ぼくは、悪のすべてが厳しく（反テロ作戦班によって怪しげなスーツケースがそうされるように）監視されているその世界でポランスキーが感じていることを想像しようとした。ぼくはポランスキーの場所に自分を置こうとして、できる限り感情移入しようとしたが、最終的には失敗した。スペインの空港に変身したフランスの空港で、ぼくとカメラの男の間にはとてつもない距離があることがわかった。ぼくたちの想像力と連帯感の限界を確かめた、と言ってもよい。カット、誰かがそのとき言った。そして世界は再び静止した。

その日の午後、午前中にぼくたちを乗せたのと同じバスが、ぼくたちを拾ったのと同じ場所、閉店している同じカフェの前でぼくたちを降ろし、そこからぼくは地下鉄を二回乗り換え、ギ・ド・ラ・ブロス通りのアパルトマンに着いた。疲れ切っていた。緊張感が原因だ、とぼくは考えたのを覚えている。大勢が一丸となることに参加するときに、本来少しも必要はないのに感じてしまう大きな責任感が原因に違いない。ジュシュー駅の入口正面にあるベトナム料理のスタンドに立ち寄って、どうにかテイクアウトの食べ物を買った。しかし食べるにはいたらなかった。アパルトマンに着き、少し横になって疲れをとってからきちんとした皿に食べ物を移そうと思ったが、結局眠りこんでしまい、三時間後、目を覚ましたとき、日はとっぷりと暮れ、あの奥まった路地はほぼ完璧に静まりかえっていた。頭が痛かった。二日酔いのようにこめかみで血が脈打ち、目の奥は鈍痛がした。部屋はもちろん薄暗く、街灯の弱々しい黄色っぽい光だけに照らされていた。そのぼんやりとした輝きは、小さなバルコニーに面しているガラス戸越しに差し込み、天井に長方形を、いやもしかすると長方形ではなく、台形や菱形を作り、その形は逃亡者を探すサーチライトの光のように動き、ぼくが目を開けたときに最初に目に入ったのはそれだった。どこにいるのか――ぼくの街ではないところにいた――、そして誰といるのか――独りだった――を思い出すまでわずかの時間を要し、その混乱している瞬間、どんな声にもまして、ひとつの声と話したいという切迫感を覚えた。愛しい声――この表現は古い詩の一節で、孤独の瞬間を和らげようとして書いたのではない、コロンビア詩人の詩の一節だった。受話器を持ち上げ、Mが住んでいるベルギーに電話をかけた。彼女がしばらく経ってから電話に出て、元気だ、とてもいい日だった、何もなかった、何事もなかったとぼくに言って、ようやく不安が弱まり、心を落ち着かせることができた。彼女はアルデンヌの真ん中にある大きな屋敷、主人がイノシシ狩りをして妻がそれを料理する、森に囲われた屋敷、石造りで、ぼくも結局少しあとに住むことになる屋敷に住んでいた。彼女は、ポランスキーのほうはどうだったのかとぼくに訊ね、ぼくはうまくいったと言った。「うまくいった、それだけ？」彼女は言った。「うまくいった、それだけ」とぼくは言った。しかし付け足した――「そのことは話したくない」。すると彼女は、ぼくの声に何かを聞き取った。ぼく自身が理解するよりも前に何かを理解したにちがいない。あるいは、そのことをもっと良い方法で、あるいはもっと鋭くもっと鷹揚に、あるいはもっと先見の明をもって理解したのかもしれない。いつも彼女はそのように物事を理解し、それはぼくにとって羨ましくもあり驚くべきことでもある。会話はすぐに別の方向に進み、Mは、聞こえる騒音は風が吹いている音だと言い、さらにアルデンヌの屋敷を取り囲む木立は完全な暗闇だが、その暗闇が好きで、ぼくとの電話のときには屋敷の三階にある部屋のライトを消して窓の外を見て楽しんでいると言った。時が十分に過ぎるのを待てば、ここでさえ、ここの真っ暗な夜でさえも、空は少しずつ地面から離れていって、その奥に背の高い松の木のシルエットがあらわれてきた。そして一陣の風が吠え声をあげたりすれば、樹冠が夜空の一方からもう一方へ揺れるのを見ることもできた。その樹冠は暗闇からぼくたちを見てぼくたちに吠え声をあげ、ぼくたちに向かってノーと言う見知らぬ人の集団に似ていた。

少年たち

いつも夕暮れどき、きまって大通りと緑地帯との境になっている煉瓦の壁ぎわに、なぜかわからないうちに集まり出した。自転車は芝生に放り出すか、水飲み場の馬のように壁にもたせかけるかして、そのあと、決闘がはじまった。志願する者がいたことはなかったが、言葉にしなくてもルールは明白で、いったん輪ができると、あとはグループの中から少年が選びだされ——名前が呼ばれると、その名の持ち主はきまって顔を赤くした——、決闘がはじまった。決闘は、二人のうち一人が降参したとき、あるいは暗くなり過ぎて、まともに殴れなくなったときに終わったが、その決定権を持っていたのは、顔や服が血まみれであろうと、涙が流れていようと、骨同士がぶつかって音が出ていようと、戦っているうちのどちらか一人だけだった。それから先のことは、それぞれの責任だった。少年たちは殴り合いで鼻が折れ、頬に傷を作って自宅に戻った。そして、できるかぎりうまい言い訳を見つけた。そうでなければ、説明をせずに切り抜け、誰にも見られないように自室に入りシャワーを浴び、そのあとはおやすみも言わずに電灯を消した。両親はそういう子どもの態度を、思春期特有の難しさや新しいホルモンの暴走だと考えてくれるはずだ。

その地区も、かつてはほかのどこかにある道と変わらない一本の道で、誰かが高いところから落としたかのように、不揃いの家が運まかせに並んでいた。しかしある日、その道の両端にそれぞれ門番小屋が置かれることが決まった。その曲がりくねった道の両端が、もっと大きな、あるいはもっと重要な、いずれにしてももっと真っ直ぐな道路にぶつかっていたからで、こうしてその公道は閉鎖した住宅群になった。曲がりくねった道の多いその一帯で、人びとは、（昨今の困難な時期よりも前ならば）かつて街中でも味わえた普通の生活を送った。黄色と黒の縞模様の斜線が引かれた分厚いアルミ製の柵を門番がそれぞれの門番小屋に立てたので、許可されているか、すでにみんなに知られている車だけがその地区に入り、空気の抜けたボールを蹴り回っている子どもや、翌朝も同じところにあると思って放り出したままのスケートボードのあいだをゆっくり進み、自分の家に着くのだった。緑地帯は家と家のあいだに生まれた人目につかない場所で、そのいくつかは、決闘が行なわれる片隅のように、その地区の盲点として大人の目に入らず、有刺鉄線が上に張られたコンクリートの高い壁が敵意のある街と仕切っていた。誰もそのコンクリートの壁が、その地区を封鎖している二つの門番小屋が設けられるよりも前からあったものかどうかを覚えていなかった。おそらくその壁は、追われた者が入りこまないように、その地区で唯一出入りできる側面を閉じるために、間に合わせに建てられたのだろう。

決闘の舞台となった場所の背後、壁の向こう側には、スポンジケーキを売っているパン屋と雑貨屋があり、少年たちはそこで、両親の言いつけで日曜日の新聞を買い、こっそり煙草も買った。煙草を買って配るのはカストロの役割だった。他の少年たちは彼に一目置いていた。それは彼の年齢と体格、そして彼が判事の息子でもあったからだが、とりわけ、その判事が殺害されたからだった。判事が二年以上前に起きた法務省の犯罪を調査し、その事件にはメデジン・カルテルだけでなく、みんなの口ぐちにのぼりつつあったカリの麻薬密売人がからんでいたことが知られていた。その頃のある晴れた日、判事は、自宅の周辺や裁判所の出口に怪しげな人がいるのを見かけるようになった。しかし公式の警護は謝絶した。殺し屋が自分を殺すときに、ほかの人を巻き添えにしたくないと主張したのだった。七月（火曜日だった）、彼はアメリカス大通りでタクシーを拾い、四十八番街まで、と運転手に言った。目的地に着いたとき、緑色のマツダ車がタクシーの後ろに停まり、マフラーで顔を覆った男が降りてきた。マフラーの男は質問もせず、脅しもせず、罵倒もせず、判事に九発の弾丸を至近距離から撃った。彼の妻は、知り合いの通夜に参列するため、隣の葬儀場で夫を待っていたが、彼女に夫の死が伝えられたのは、すでに検死官が死体を運ぼうとするときになってからだった。

その夜、カストロが泣いているとき、母親は息子を探しに、日頃少年たちがセックスの話をする木のベンチにやってきた。そして彼はそれ以降、泣くのをやめた。その金曜日、カストロは決闘にやって来た。彼が怒りを爆発させるのはもっともだったが、殴られた相手の目があかず、唇は腫れ、歯茎からも流血し、歯がむき出しになって降参した時点で、カストロは決闘を終わらせるべきだった。みんなそう考えていた。たぶんそのあとで、カストロは自らを恥じたのだろう。というのは、その後数週間グループに顔を出さず、煉瓦の壁のそばにも立ち寄らなかったからで、少年たちは口ぐちにそのことを話題にしたが、とくに何もしなかった。彼の家の戸口まで行って彼を待つこともしなければ、雑貨屋に探しにも行かず、黒い服を着て急に老け込んだ母親に、彼のことを訊ねもしなかった。失われていた日常を午後がようやく取り戻した頃、殺された判事のことは誰も言わなくなっていた。まるで犯罪がなかったような、あるいは、その犯罪はその地区やそこの壁や午後六時からもはるかに遠いほかの国で、別の誰かに起きた出来事のようだった。決闘の相手、あの午後カストロと決闘した少年は、二度と戻ってこなかった。だから、少年たちは労せずして、ほとんど気づかぬうちに、その少年を忘れた。少年の家族が別の地区に引っ越すとき、誰も彼に別れを告げなかったし、彼が誰かに別れを告げたかどうかは誰の記憶にも残っていない。

＊＊＊

　ある日、どんな理由にせよ、カストロがいなかったとき、一人の少年が、カストロが居るとできないことをするのを思いついた。

「明日」彼は言った。「司令官が殺された場所を見に行こう」

　彼らは一時間早く集まった。地区からこっそり抜け出すことは、それだけで厄介なルール違反だったが、夜にそうするのは、予想のつかない危険を冒すことだったからだ。彼らは壁の一カ所に、有刺鉄線が歳月とともに少しずつ緩み、器用な体ならすり抜けられる隙間が生まれているのを発見した。少年たちは、最も高くなる自転車、骨組みが重く、サドルを手のひらの大きさいっぱいに伸ばせるモナーク自転車を壁に持たせかけ、一人ずつ登った。服は破れて手も痛んだが、最終的には、全員大通りの歩道に飛び降りることができた。言い出しっぺの少年ピンソンが先頭に立って、亀裂の入った歩道を西に向かって進み、パン屋の前と雑貨屋の前を、そして、両目の腫れ上がった男が、コカインを包んだ紙を差し出してきたことのある木の正面を通り、十一区画ほど進んだあたり、水がちょろちょろ流れるだけで悪臭の立つ水路を越え、犯罪現場の通りに着いた。

「ここだったんだ」ピンソンは言った。

そこだった。そこ、いま少年たちが騒々しい往来を見つめている、まさにその歩道に殺し屋は立って、犠牲者を待っていた。二カ月前のことだった。殺し屋は、少年たちよりわずか四、五歳ばかり年上の十八歳で、その日の朝――バイクの後部座席に乗って――、すでに人殺しを済ませた暑い地方のどこかの村からやって来たのだった。対麻薬警察部隊のロドリゲス司令官の殺害には十万ペソが支払われていたため、あらゆる状況からして、殺しの一件は、予想よりかなり容易に片がつくように見えた。というのも司令官は、大っぴらに脅迫を受けていたにもかかわらず、護衛なしで自宅を出たからだった。殺し屋はこうしたことをすべて、続く数日間、尋問を続けた警察に向かって詳細に語ったが、ある瞬間を境に供述を変えた。これまでの話を語るときと同じように冷静沈着に、ボゴタにはバスで着いたこと、途中で眠り込んでしまったこと、目が覚めた場所でバスを降りたこと、そして運悪く銃撃に居合わせたことを話した。銃弾が怖かった、だから走りだした、と彼は言った。だから、走っていたから、警察に捕まった、と彼は言った。自白させるために警察に拷問された、と彼は言った。そして、拷問のあと体に残っていた痣を見せた。彼は言った、ロドリゲス司令官が誰なのか、またなぜ彼が殺されたのかも知らないんだ、と。

「どう見ても」ピンソンは言った。「本当のことを言っているとしか思えない」

少年たちは、暴力の痕跡が一切見当たらないのに失望した。血痕もなければ、近くのどの壁にも弾痕はなかった。そのときピンソンは責任を感じたのか、グループを失望させたと感じたのか、数秒のうちに、もっと遠く、地区からさらに遠くに仲間を連れて向かった。「どこに行くの？」誰かが訊ねたが、ピンソンは先頭を進み、大した注意も払わずに道を渡り、体格の劣る少年たちは、ついていくのに苦労した。彼らが着いたとき、ピンソンは光り輝いている台座の上に載った胸像の隣で自慢げに静止した。少年たちは、ブロンズの顔が法務大臣の容貌であるのがわかった。このすぐ近くで殺し屋は捕らえられたのだった。あっちのほうの急カーブで殺害犯のバイクは護衛から逃げようとしてスリップした。少年たちは、バイクから落下して怪我をした殺し屋が、捕らえられるときに子どものように泣いていた映像を覚えていた。ピンソンは、空虚な目と厳しい表情をした銅像の横に立ったまま、誰かに写真でも撮ってもらおうとでも言うように、周りを見つめていた。

彼らは、よからぬ疑いを呼び起こさずにそれぞれの家に戻れるよう、夜になるまえに余裕をもって地区に帰りついたのだが、そのときになって、出たときの壁を登り直すための自転車を持っていないことに気がついた。体重の軽い少年から順番に肩車をして壁の上に登らせても、必ず最後は下に一人取り残される。そこで全員で団結して、北側の門番小屋に向かうことにした。そこの門番、カラスコという男——声はかぼそく、視線もおどおどしていた——は、もう一方の門番よりも怖くなかったので、彼らは、それが当たり前かのように入ろうとした。門番たちは糞の色の制服を着て、懐中電灯を点け、腰にピストルを下げたつまらない男たちだった。あっという間に決闘に興味を示さなくなり、しばしば遠くから、手を後ろに回し、帽子の下には空っぽの表情を浮かべて決闘を眺め、勝者の姿が浮かび上がってくると、すぐに点灯した街灯の下に消えていった。ところが今回、許可なしに少年たちを地区から外出させたことは放置できないのだった。カラスコは、内線電話の受話器を持ちあげたが、ピンソンは、どこかに電話する間を与えず、二千ペソ札を差し出した。
「黙ってたほうがいいんじゃないですか、カラスコ」彼は言った。「切ってくださいよ、関係のないことに首を突っ込むものじゃない」

父親が刑事だったので、ピンソンは、ほかの少年たちよりも物知りだった。刑事という単語は、少年たちの頭にロングコートと帽子とサングラスを呼び覚ました。ピンソンは少年たちに、確かに父親は国中で捜索されている犯罪者と仕事で毎日接触しているが、そういう格好はしていない、父親はどこにでもいるようなどちらかというと退屈な人間で、毎日街の向こう側の高層ビルに通勤し、そこに自分の部屋があり、同じような格好をした同じように退屈な職員が働いているほかの部屋もあると説明した。ピンソンの父親は、女といた形跡のない、臆病な小男だった。彼はその地区に独身者として、母親のいない息子の手を引いてやって来た。彼の孤独な生活は知れ渡り、たちまちその地区に、悪意に満ちた噂が流れはじめた。ピンソンは秘書との間に偶然できた子どもだと、そして父親は本当は男が好きなのだと噂されたものだった。そのうち徐々に、ピンソンの母親が長い闘病の末に亡くなったこと、そしてその地区への引っ越し——別の地区に別の家で新しい生活をはじめること——は、父親にとって、悲しみと闘う唯一の方法だったことが知られていった。少年たちは、まばらな口髭にニットタイ、そしてアーガイル柄のセーターのあの人物が、麻薬密売人や汚職警官の電話を盗聴し、脅迫を受けている政治家の警護方法を考案している人だとは、なかなか思えなかった。仕事に出かける姿を見たことはなかったが、壊れそうな車体のルノー6に乗って、申し訳なさそうにクラクションを鳴らしながら、年がら年中冷たい風が吹き寄せているかのように、いつも首をすぼめて帰ってくる姿を見た。そして少年たちは、その父親がピンソンに仕事で見聞きしたこと、外の世界の秘密、翌日新聞に出るニュースを語っている姿を想像した。あるいは、新聞には絶対に出ないニュースだったかもしれないが、そういうこともあり得た。

十月の終わり頃、別の司法官が殺された。司法官というのは、カストロの父親と同じ判事だが、もっと地位の高い人物であることを少年たちは知っていた。死んだ人は、もう誰も覚えていない古い二つの犯罪でパブロ・エスコバルを訴えて逮捕状を出していた。彼の家にはまもなく、紫色の帯に金文字で彼の名前が書かれた、葬儀用の青白い花輪が届きはじめた。司法官は訴えを取り下げず、多くの人びとは勇敢だと思った。しかし誰も理解できなかったのは、麻薬密売人が彼の家族に手を出しはじめてからも、態度を変えなかったことだ。噂によれば、司法官の妻は山間の道路を走行中、軍の検問で停止させられた。制服姿の男たちは、車を降りるように言い、そのあと、車のギアをニユートラルに入れて谷底に押した。

「次は」彼らの一人が言った。「車から降ろさない」

軍の兵士ではなく、メデジン・カルテルの連中だった。その後、妻が妊娠すると、それを知ったエスコバルは司法官に、訴えを取り下げなければ、妻も子どもも殺すと伝えた。司法官はその返事として、訴えの取り下げは拒否したが、エスコバルに公正な裁判を約束した。そしてその日、その犯罪の日、司法官と妻がメデジンの大通りで車を走らせていると、白いピックアップトラックに道をふさがれた。三人の男が降り、司法官の姿が見える窓に近づいて撃ちはじめた。司法官はその場で死に、路上に放り出された。妻は二発撃たれたが、信じられないことに、意識を失わずに命をとりとめた。

数週間、ピンソンは生き延びたその女性に関心を持ち、子どもはどうなったのか、男の子なのか女の子なのかを調べた。出産したことを知ると、（アンヘルと名づけられた）赤ん坊に短いメモを書いた――この糞の国へようこそ。ピンソンはそのメモを未亡人となった母親に届けようと、父親に渡した。父はその場で破り捨てたが、それよりピンソンが驚いたのは、その場で激しく顔を引っ叩かれたことで、それは壁ぎわでの殴り合いの決闘では得られない結果をもたらした――ピンソンの赤くなった頬を、かたつむりが残すねばねばした足跡のような軽い涙が滑り落ちた。

翌年の終わり頃、最初の爆弾テロが起きる少し前、少年たちは、あるときは親から許可をもらい、またあるときは親に何も言われなかったので地区を出るようになり、ショッピングモールの駐車場の横にある、裏手の階段に集まった。レンガの階段は二十段あり、それを上ると巨大な建物の二階に入ることができ、ビデオゲームのある場所、ネオンの薄暗い空間に続いていた。そこは電子音がうるさくて声を張り上げて話さなければならず、彼らの新しい肺から出てくる有害な煙のせいで、空気が悪かった。しかし少年たちは、階段にいるのも好きだった。駐車場の西側、別のグループのたまり場が一望できるからだった。対決は、階段であれ、ゲーム場であれ、ピザ屋のドアであれ、同じだった。決闘が取り決められ、あとは水路の向こうの空き地に行くか、誰も通らない駐車場の一角に輪を作ればよかった。監視員が気づく頃、決闘は終わっていた。彼らは地区の少年たちとは違った。彼らは地区の少年たちを知らず、親からわずかな小遣いももらえず、躊躇なく棒を激しく振り回し、骨を折ったり太腿に痣を残したりした。

巨大な街の別の地区からやって来た、別の少年たちとの駐車場での決闘は、ルールが違っていた。自転車のチェーンを最初に持ちだしたのが誰だったのか誰も覚えていないが、地区の発案ではなかったのはほぼ間違いがない。しかし重要なのは、地区の少年たちもすぐに真似たことだ。なぜなら、防御しないことは禁じられていたから、いやむしろ、唯一のルールは、劣ってはならないからだった。チェーン攻撃の恐ろしさは、獣の爪で引っ掻かれたように肌が切れるうえに、傷口がおそらく油か錆のせいで頻繁に化膿したからで、そうなると、決闘（あるいは軟膏や抗生物質）を隠すのはますます難しくなった。そういう目に遭ったのはカストロで、クリスマス休暇が終わったばかりのある週末、チョコという仇名の、髪を短く剃り上げた男と決闘したあと、たちまち冗談を言うような少年ではなくなってしまった。カストロは、チェーンで制服のシャツが破れたまま地区に戻った。数時間のうちに、彼の家、カストロ判事の居間に大人たちが集まって懸念と怒りの声が上がり、食堂のテーブルにいる少年たちと会話して、カストロの母は、それまでのように少年たちに挨拶するのをやめた。

「この子の葬式を出すことになったら」彼女は逆上して言った。「あなたたちにその責任をとってもらう」

カストロの母である判事の未亡人は、背が高く痩せていて、タートルネックのセーターにタータンチェックのスカート、その平らな胸にプラスチック・フレームの眼鏡をぶら下げていた。スサーナという名で（自己紹介の時は夫の姓とともに、スサーナ・デ・カストロと名乗った）、巧みに家事をこなし、みんなが驚いたことに地区の統率も引き受け、委員会を作って他の親たちを説いてまわり、定期的な集まりを開き、麻薬と蛮行とチェーン攻撃で切られたシャツについて話し合った。いずれにしたところで、地区に変化はなかった。というのは、暴力の引き起こす無気力は、誰の手も届かない地下深くを流れる水のようだったからだ。というより、何かは変わったのだが、地区が期待していたのとは違った。歳月が過ぎて、そのことを振り返ってみると、あんな風になったことは容易に理解できる（厳しい時代というものは、苦しんだ経験のある人びとを引き寄せ合うものだ）。少なくとも、そのことについてみんなが一様に驚いたり、大人たちが家で噂話をひそひそ交わしたり、それを見ると窓のカーテンをさっと閉じたりしたことは、公正だとは言い難い。そのこととは、スサーナ・デ・カストロが地区の道を渡り、ピンソンの父の家の呼び鈴を鳴らしたり、ピンソンの父が夜七時にルノー6にエンジンをかけ、十五メートル先で彼女を拾い、そのまま北の門番小屋から消えて三時間後に戻り、まるで彼女が女の子で、剣呑な街に夜間出かける危険に挑戦したシンデレラを送り届けるかのように、彼女の自宅の前で降ろしたりしたことである。

実は、もう誰も街の外に出かけていかなかった。あるいは、失うものがない人だけが出かけていた。その頃、あるマフィアの一員が私兵を連れて、山間にあるディスコに入り、機関銃の力で店を閉め切り、最初から気に入っていた二人の女を連れ去った（だけでなく、抵抗しようとした夫のひとりの胸に三発撃ち込んだ）。三月、ボゴタの空港で政治家が暗殺され、暗殺計画に何の関わりのない別人が銃撃に巻き込まれ、怪我を負った。七月、麻薬密売人は警察所属の大佐を殺そうとしたが、設置された爆弾は六名を殺した（だけでなく、その中に大佐はいなかった）。その翌日、麻薬密売人の手先として働く武装した中隊は、街の北部の建物に押し入り、対麻薬取引作戦に従事していたらしい四名の諜報員を殺した。この現場から四十区画のところにカストロ家はあり、ピンソンの父は、スサーナとその息子を前にして、チキンライスを食べていた。微笑みを浮かべ、大笑いしながら自分の仕事について話し、女とその息子も驚かせようと、あれこれと逸話を繰り出していた――保護される証人、秘密裏の作戦、見破られて殺された米国麻薬取締局（DEA）の情報提供者のこと。

少年たちは、あっち（曖昧な「あっち」だった、はっきりとしない、便利で、どこことも取れる「あっち」だった）では、何が起きているのだろうと想像していたが、カストロやピンソンの前で、それに言及しようとはしなかった。結果の予想できない導火線に火を点けようとはしなかった。すると八月、スサーナとピンソンの父が夜に外出する姿が見られ、ルノー6の後部ウィンドウ越しに、シルエットが描き出されているのが見えた。それまでの夜と同じ、いつもの流れが繰り返されるはずだった。ルノー6は同じ二人の人物を乗せてそのあと戻り、最初に女が降りる家の前で停まり、窓越しに別れの挨拶があり、場合によっては、男が降りて女を戸口まで送り、二階から息子に観察されているのに気づかないふりをする。そう、そのようなことが起きるべきだった。

しかし、そうはならなかった。その夜は違った。というのは、街のもう一方で、大統領候補者が支持者の聴衆を前にして、木製の演台から演説をはじめる直前に、麻薬密売人の雇った殺し屋に射殺されたからである。それは特殊な犯罪だった。みんなが暗殺された男に好意を抱いていたというのもあるが、その悲劇が集会を中継しようとしたカメラにとらえられて永遠に残ったからで、街中のみんなは、木の板のうえで倒れて乾いた音を出す身なりの良い男の体を見た（だけでなく見続け）、みんなは、機関銃の連射と叫び声と泣き声と絶望を聞いた（だけでなく聞き続けた）。地区にとって、地区の少年たちにとって異様な夜だった。スサーナとピンソンの父は、すぐに出された夜間外出禁止令によって、自宅から遠くに留められた。街路からたちまちひと気が消えた。街路は警官たちが占拠し、軍隊が占拠した。そして街に舞い降りてきたのは、破られる寸前のようなあの沈黙だった。それは長い夜、窓の電灯が消えない夜、寝室の不眠の夜、自宅にいてたまたま訪れた予想のできない孤独の中、少年たちがドアを開けてマスターベーションにふける夜だった。

スサーナとピンソンの父は、その晩戻らなかった。外出禁止令が出たとき、どこにいたのかわからなかった。レストランなのか、誰かの家なのか？　しかし翌朝、ついに姿を見せたとき、二人とも別人のようだった。ピンソンの父は笑っていた。そしてその笑い——そして、スサーナが八月の風に乱されないように、髪をまとめていた方法——は、数日間みんなの口にのぼった。

地区の家の窓に白いテープで×と貼られるようになった。近くで爆発があっても、窓ガラスの破片で死なないようにする唯一の方法だと誰かが言ったのだった。どの窓にも白いXが輝いているので、少年たちの目からすると、その地区の家には宝物があることを示す巨大な地図のようだった。そしてある晩、誰かがそのテープの戦略に意味があるのかを試した。それは午後のことで、通りかかる人や自転車の閃光、こぶし大の石を投げるのを誰も見なかった。少年たちの腕前が良くなかったのか、あるいは腕力がそれほどなかったのか、二軒の家のガラスが割れただけだった。しかし窓ガラスが四つに大きく割れて落ちるのはみんなが見た。犯人探しは行なわれたが、見つからなかった。

地区がそんな状態、マスキングテープで十字が貼られている状態にあった十二月の朝、ピンソンの父は、勤め先のクリスマス飾りを見にスサーナを誘った。各フロアには飾りつけされたツリーを置き、窓ガラスには天使や流れ星を描き、飾れるところには花飾りを渡し、署長のオフィスにいたっては、作りかけの実物大の降誕場面のジオラマのために本物の苔を買って、どうやら数日間かけて準備したものだった。発案したのはピンソンの父ではなく、コンピュータ・プログラムの技術者だった。犯罪学者であるその技術者の恋人は、刑事もくつろぎ、楽しみ、ほかのことを話題にすることに賛成だった。日夜を費やす麻薬カルテルの追跡のせいで、クリスマス気分に浸れる自由な時間がひとときもないからだった。そうしてその恋人同士（その頃までに恋人同士になっていたから）は、少年たちがバスを待ちに大通りに出るのと同時に、ルノー6に乗って地区を離れた。

十九番街で何が起きたのかはほとんど知られていない。最もあり得そうなのは、スサーナとピンソンの父がビルにまだ入っていない朝七時三十二分、麻薬密売人の殺し屋が上下水道会社のバスに五百キロのダイナマイトを積み込んで、それが爆発したということである（それだけの爆発物が入るのはバスしかない)。その可能性が高いと言われている理由は、ビルの中よりも外のほうが多数の死者を出したからだ。オフィスの天井よりも、ビルのファサードが歩道に倒れ、コンクリートの塊があちこちから落ちてつぶされた人のほうが多かった。七十名の死者の中に、その戦闘行為の主なターゲットだった情報部の所長は含まれていなかったが、新聞のリサイクル業者一名と、アルミのカートを引いてコーヒーを売る女が一名含まれていた。その後、地区にはひとつの伝説がささやかれはじめた——スサーナは、足にガラスが刺さって床に倒れ、ピンソンの父が彼女の足からガラスを取り去り、止血帯代わりにネクタイを外したあと、彼女の横に伏せていた、と。しかし、おそらくそれは伝説でしかないのだろう。少年が自身の悲しみを和らげられるように、あるいはその悲しみがほかの苦しみと一緒になってしまわないように聞かされている話なのだろう(少年が一つでも語るに足る何かを、哀れな匿名のこの人物の死をほかの死とは違うものとして語れる何かを持っていられるように)。二人ともテロを生き延びることはできなかった。破れた服を着た彼らの体は、消防隊員が瓦礫の底から救出した数十名の死体の中に紛れていた。

＊＊＊

最後の決闘が行なわれたのは水路で、その一部が干上がっていたから、あるいはそれが理由で、糸のように細い水が流れているだけだったからだ。計画していたわけではなかったが、少年たちはショッピングモールの駐車場で会い、さほど交渉もなく取り決められた。彼らは東の門番小屋から出て、たぶん細い橋を渡って水路を越え、四、五区画先に開けている空き地を探すつもりだったが、いつの間にか、傾斜の勢いと、傷つけてやりたい気持ちに引きずられるように、それぞれコンクリート壁に沿った下り坂を降りていった。別のときのように、輪を作ることは難しかった。二つの斜面は平らではなく、滑りやすかったからだが、どうにかトンネル（人ひとりが立って入れるあのトンネルのひとつ）に近づき、そこに場所を作り、前から戦う気満々だったチョコとピンソンがついに対決した。チェーンもナイフもなしに素手で殴り合い、たぶんそれが理由で、ピンソンより頭ひとつ分背が高く、数キロ体重の重いチョコは、たちまちそれなりに有利に戦いを進めるようになった。少年たちはいずれ、水路の壁に飛び散った血痕や倒れないように支えた手形の血痕について語るだろう。それに、トンネルの中にこだました怒鳴り声、そして励ましと憎しみが込められた怒鳴り声についても語るだろう。しかし、最後に起きたことについて語らせるのは難しかった。チョコがピンソンを地面に押さえつけ、ピンソンは汚れた水に頭が浸かったまま後退しながら抵抗していたときのことだ。その姿は仰向けになったコガネムシのようだった。カストロがゆっくり近づいた。あまりにゆっくりだったので、彼の動きは誰の目にも入らなかった。少年たちはいずれ思い出すだろう。カストロが水路の壁の上に座っていた姿を、胸に膝を押しつけていた姿を。そしてそのあとカストロは、まるで決闘をもっと近くから調べるかのようにさっと輪の中心に入ったのだった（そうすることでルールを破っていた）。チョコでさえ、カストロが来るのが見えると戸惑い、カストロの最初の蹴りが、倒れている少年の肋骨にめり込み、うめき声をひとつ漏らしたとき、どうしてよいかよくわからなかった。カストロは倒れている体の周囲を時間をかけて歩き、再び、今度はつま先にありったけの力を込めて、腎臓を粉砕しているのを確かめるかのように蹴りあげた。そのあと、最初の声、最初の不安の、あるいは怯えた声がいくつか聞こえるのと同時に、頭を蹴った。一度、二度。すると血の帯が耳にあらわれ、首をつたった。もしかすると血ではなかったかもしれない、と、少年たちはいずれ言うだろう。というのはそのあと、ピンソンが防御するのをやめたとき、彼の体は地面に横たわったまま動かず、首が汚れた水に浸かっていたからで、だからもしかすると、それは大いにありうることだが、彼を汚していたのは泥かもしれなかった。

最後のコリード

支払いが良かったからその仕事を引き受けたのだけれども、それ以上に、ぼくの頭の中にどちらかというとばかげた考えが取りついて、一週間バス旅行をすればスペインがぼくの安住の国となりうるのか、それともまたもや自分の落ち着き先にはならないで、四度目の荷造りをして別の住むべき場所を探す羽目になるのか、それがついにわかるだろうと思ったのだった。仕事の内容は、メキシコ歌謡《コリード》のバンドのイベリア半島ツアーに同行し、彼らについて記録《クロニカ》を書き、それをバンドの偉業を称える本としてメキシコで出版するというものだった。そういうわけで、二〇〇一年七月十七日、ぼくは先方の代表者の一人、巨大な二重顎をして、小さすぎるシャツを着た男と待ち合わせ、首にぶら下げるラミネート加工された名札を受け取り（そこには綴りの間違ったぼくの名前と、「同行者」というぼくの肩書きが書かれていた）、その日の夜の九時少し前、バルセロナのクラブ・ラスマタスに着いた。少女が囲いの中から、チケットは売り切れだという仕草を両手で送っていて、その横に貼られた入口のポスターには「マルケス兄弟」と書かれ、「今夜だけ」のところに下線が引かれていた。

外はまだ昼間だった。あれはここ数年のなかでも――ぼくが説明されたところによれば――最悪の夏の一つだった。中に入ると、うってかわって、世界は黒く、温度は急激に下がった。窓がなく、壁が光を吸収するそのホール、空調が最大限の努力で人の汗の濃密な臭いを中和するか、かき混ぜているそこでは、コンサートがすでにはじまっていた。ぼくは聴衆や彼らのジャンプ、シーツ大のメキシコ国旗からしかるべき距離をとり、バーカウンターに寄りかかって待った。最後のコリードが終わったとき、女が一人舞台に上がり、ブラジャーを外して、歌手にプレゼントした。口髭はまばらだが、しわがれ声の若い歌手はそれを受け取り、注意深くマイクにぶら下げ（黒みを帯びた光によってレースの白は強烈なすみれ色になった）、楽屋のドアの向こうに消えた。ぼくはあとを追った。オートバイ乗りの集団をかき分けていくと、その連中の背中に、**ヘルズ・エンジェルス**の文字が見え、ゲップしたときのビールの息の臭いがして、このようなコンサートであのような集団が何をしているのだろうと思いながら、一本の蛍光灯に照らされる薄暗い狭い通路を進み、名札を渡してくれた男に迎えられた。というよりも、遮られた。「着替えさせてやれ」と、彼はぼくに言った。「下着姿を見たくないだろ」半開きのドアの向こうに、ミュージシャンはいた。ぼくは、彼らが目を合わせず、互いに話していないことに気づいた。まるで、各自が別々に鏡の前でシャツを着替え、髪に櫛を通しているようだった。出来事は、そのあと聴衆が全員いなくなってから起きた。

ホールは、プラスチックのコップと踏みつけられた缶で覆われていた。ぼくが着いたときに寄りかかっていた、隅の近くのカウンターの上には、安っぽい紙製のテーブルクロスが敷かれ、水や炭酸水が入ったピッチャー、アルミホイルに包まれたサンドイッチとトルティーリャが提供されていた。我々が食べているあいだ、代表者(アロンソという名前だった)はぼくに、バンドは一九六八年に結成され、リカルドをのぞけば、全員兄弟だと語った。どれがリカルドかを訊ねた。「リカルドは俺たちの新しいボーカルだ」アロンソは言った。「マルケス兄弟のデビューアルバムと同い年だ。ほら、あっち、並んでいる二人のうち、息子がリカルドだ」息子と並んでいる男はミュージシャンの一人で、唯一髭を蓄えていなかった。その男の名前を言われたが、そのときは記憶にとどめなかった。二人を見比べると、実のところ、父と息子ではなく同じ年齢に見えた。そこでぼくは、無邪気な質問を、単に情報として知っておきたいという意図以上のものではない質問を、それまで我々が話していたことから直接派生する——ぼくにはそう思われたのだが——質問をした。「前は誰が歌っていたんですか?」ちょうどその瞬間、オートバイ乗りの集団の一人がやって来て、ぼくに無理矢理、使い捨てカメラを押しつけ、ミュージシャンの横に並んだ。ぼくが一枚撮ると、彼は皺だらけの紙を一枚取り出して、サインを求めた。彼は手首に金属製の鋲のついたリストバンドをはめながら、初めてバンドを聴いたのはサンフランシスコで、レコードはエルネストがいたときから全部持っていると熱弁していた。

「エルネストとは誰ですか？」ぼくは聞いた。

「一番上の兄だ」アロンソは言った。「バンドを作った男だ」

「ここにはいないのですか？」

「彼の父親は六〇年代に体が動かなくなった。エルネストは、生きのびるためだけにバンドを組んだ。あんたは誰が前に歌っていたかを聞いてたな？　彼だよ。エルネストだ。このバンドは彼の人生そのものだ」

「あらゆる時代を通じて最も偉大な男だ」オートバイ乗りは言った。

「そうだ」アロンソは言った。「最も偉大だ」アロンソはオートバイ乗りの上着のエンブレムに手を載せ、丁重に彼を押しながら、引き下がるように言って、次いでぼくに言った。「だが俺たちはいま疲れてる、もう寝よう」

一同がバルセロナの夜に、夜十一時の熱っぽい風に向かって歩き出すと、アロンソはぼくに、バレンシアに出発する翌朝十時の待ち合わせ場所を言った。ぼくは家に徒歩で帰り、妙に興奮していたので、ジントニックを作り、部屋の窓をすべて、内側のパティオに面している窓と、広場とその椰子の樹々が見える窓を開け放ち、プレス向けの資料を読みはじめた。そうして、マルケス兄弟は五年前にスペインでツアーを行なっていたが、そのツアーは、ぼくが加わってはじまったばかりのツアーとそっくり同じ——行程、セットリスト、ほとんど同じ日程——であることを知った。五年前もツアーはバルセロナではじまった。五年前もバレンシアに向かった。五年前も、ツアーはさらに三都市を周り、最後は国際音楽フェスティバルが開かれているカルタヘナに行き、その模様はラテンアメリカ中に生中継され、おそらく今回もそうなるはずだった。過去のそのツアーと現在のツアーの唯一の違いは、一人の男の存在にあった。ぼくは資料のなかに、バンドの創設者であるエルネスト・マルケス、父親の体が麻痺したあと、家族を飢えから救うため、兄弟（アマチュアのギタリストたち、週末のアコーディオン奏者たち）を集めた男の写真を探した。しかし何も見つからなかった。もうあそこにはいない男なのだ、とぼくは思った。エルネスト・マルケス、不在の男。

一九九六年のあの午後、バレンシアでのコンサートがはじまる前、リカルド・マルケスは、音響エンジニアと話しながら、コンソールとスピーカーをチェックしていた。するとエルネストが公園の並木道を一人で歩いているのが目に入った。野外コンサートはエルネストの発案だったので、彼が会場の周囲をひと回りしておきたくなるのは当然だった。おそらく、いつもの切符を持たない連中が、今度はどこから入ってくるのかを事前に確かめておきたかったのだろう。しかし彼は集中していない様子で、顔は下を向いていた。ときどき片手を喉元に当てていた。リカルドはエルネストが顔を上げ、まるで白髪混じりの頭に葉でも一枚落ちたかのように樹冠を見上げようとしているのを見て、彼が唾を飲み込むのにとてつもない苦労をしているのがわかった。その動作の意味をリカルドは知っていた。すでに何度か見たことがあったからだ（例えばバルセロナのコンサートのあとで）。彼は、音響チームがいる舞台袖から降りた。誰かがケーブルに足を引っかけて、コンサートをめちゃくちゃにしてしまわないように、そこの階段をもっと明るくしておくべきだと思った。すでに暗くなり、公園全体でほぼ一斉に、コオロギの大騒ぎがはじまった。リカルドは自分の時計を見た。コンサートまで数時間で、エルネストは唾を飲み込もうと動作をはじめた。

そのツアーは、ほかのどのツアーとも違っていたので、ことは重大だった。ライブアルバムのための録音をしており、そのアルバムには多くのことがかかっていた。失敗は許されなかった。バンドのことは、リカルドにはわからないことがたくさんあった。著作権、入場料とレンタル機材の占める割合に関することだが、とてもよくわかっていることがあった——スペイン・ツアーのアルバムは成功させなければならない。

リカルドは、主催者側が楽屋として用意した二台のキャンピングカーに着き、その時刻、マルケス兄弟はエルネスト以外、ウォーミングアップをしていて、全員、檻にいる猛獣のように、それぞれの部屋をあちこち動き回り、そろって黄色のヘッドフォンで耳を塞いでいた。頭を動かしたり、舌を出したり、発声練習の文句を叫んでいた。リカルドは、自分のほうが彼らよりも上手にできるという理由もあってその文句が頭に入っていた。窓越しに父親を探し、指の節で二回キャンピングカーの金属製の壁をノックすると、父親は邪魔されたことにいら立って、ヘッドフォンを外した。「エルネスト伯父さんを探してる」リカルドは言った。

「楽屋にいるだろ」父親は彼に言った。

「いないよ」

「楽屋にいるはずだ。もう時間だからな」

「いないよ」リカルドは言った。「いま見てきたばかりだ」

父親は、プラスチック製のテーブルの上にウォークマンを置いて出てきた。父親はすでにコンサート用の服、スパンコールが付いていて、スポットライトか何かの下を通ると、光を撒き散らす青色のレザージャケットとズボンを身につけていた。二人はキャンピングカーの角まで歩いていったが、そこからは平地部分をすでに埋め尽くしている聴衆から見られずに公園を眺めることができた。リカルドは、伯父のエルネストが姿を見せたとき、父が心配しているのが見てとれた（両手が神経質そうに刺繍のある服の脇部分、肩飾りを撫でていた）。

「おい、おまえ、何してる？」リカルドの父は言った。「ウォーミングアップはしないのか？」

エルネストは、コリードの歌詞に書いているのと同じように、完璧な八音節で答えた。「ニワトリはいつも鳴いている」

リカルドは何歩か引き下がり、何百回と聞いたことのある三つのフレーズを二人が交わすのを見ていた。父親が体調はどうかと訊ね、伯父は、ああ、悪いわけがないと言い、前回のコンサートのときから自分が見張られていることについて、やんわりと不平を言った。すると父親は、**前回のコンサートからじゃない**、そのあと、**おまえのは前からだ**、そのあと、**おまえはずっと前からそうだろう**、そのあと、**いつかおまえの喉はだめになるぞ**、というようなことを言うだろう。そうしたことは本当に言われたに違いない。その場でエルネストは弟の正面に立ちはだかったままヘッドフォンを装着し、ウォークマンを指差しながら、世界全体を、異議申し立て、心配の声、脅しを遮断したからだ。リカルドの父親は一人で話し続け、エルネストに（彼の声帯に、彼の喉頭に）はっきりとした苦痛を与えているあの労苦を見続けた。しかしその苦痛はエルネストの声質からは感じられず、それが理由で、誰にも確かなことは言えなかった。エルネスト・マルケスは自分の楽屋に入り（もう発声練習は聞こえなかった）、舞台にあがる時間まで出てこなかった。

リカルドは舞台袖からステージを見た。そうするのが好きだった。そして野外コンサートのときには、歌の途中で下に降りて、舞台の後ろ側に回るのが好きだった。その世界は、照明と音楽による猛烈なコントラストのせいだと思われるが、異常なほど暗く、誰にも見つからない場所、ほとんど平和的な場所に思えた。舞台の上手と下手を行き来しながら、自分の運命は舞台上のマイクの前、エルネスト・マルケスの声が、まさしくこの瞬間を満たしているその空間にあると思っていた。

かつては家族を支え、家族全員が恩義を感じていたが、いまは失われつつあるように見えるその喉に、若い頃リカルドは感嘆を覚えていた。あらゆるものは変わり、あらゆるものはあまりに急速に変わり、家族が生きている状況は刻々と変わりつつあった。診断は六カ月前、彼らに届いていた。（リカルドは、「彼ら」という複数形は気にしなかった。診断は病人だけでなく、全員に届いたからだ。）実際、エルネストはそれより前に発病していたが、ロサンゼルスの医師たちは、結腸癌と喉頭癌は関係がないということで意見が一致していた。いずれにしても診断は命にかかわるものではなく、その突発的な事態にはポジティブな面もあった。癌はエルネストの声にも、また診断されてから後の彼の生活から判断するに、日々の生活にも影響を及ぼしていなかったのだ。彼は作曲を続け、人前で歌い、五時間でも七時間でも九時間でも飛行機に乗り、コロンビアやメキシコのマフィアであれ、ブエノスアイレスやサンティアゴで行なわれるフェスティバルであれ、報酬の良い招待に応じていた。

しかし、それは変わりつつあるようだった。本当に変わっていたのか？　変わりつつあるようだった。リカルドは舞台袖から、エルネストが舞台の三層の一番上にあがり、人工の霧を吸うのは喉に良くないと誰かが言っていたにもかかわらず、その霧に包まれて、《強者たち》を歌いながら降りてくるのが見えた。リカルドは、コンサートが終わったら、それを伝えようと思った。ボーカリストの名声よりもはるかに多くのことが、ボーカリストのその声の健康にかかっていて、彼はもう一人のマルケスとして自分を守る必要があった。

そこでそのあと、裏方が機材を片付け、メイク係が化粧品を荷造りしているあいだ、マルケス兄弟は腰掛けて休憩中だったので（ロバのように汗をかかせるあの革の上下の外で、夜の涼しさを味わっていた）、リカルドは少し前に目にしたことについて、一見なにげない意見を言った。さほど言葉数を費やさずに言ったのだが、その夜に漂ったイメージは、手を喉に当てながら、おそらくアコーディオンの重さのせいで背中を丸めて歩く灰色の髪の男だった。痛みを感じずに唾を飲み込むために上を向く男。もちろんみんな尊敬しているが、日毎バンドの評判を危機に追い込み、コンサートを開くたびに歳月の摩耗によって、結節かポリープかしつこい風邪のせいで、コンサートの最中、嵐で電気が消えるように、声が出なくなる瞬間が近づいている男。

エルネスト・マルケスはそれには答えずに、ただ立ち上がって、大きなプラスチックのテーブルの周りをゆっくり歩いた。甥のいるところまで来ると、甥を思いっきり引っ叩き、もし兄弟が両腕を押さえつけなかったら、もう一発引っ叩いただろう。そしてそれに続く沈黙のなか、スタッフ全員の視線を集め、エルネスト・マルケスは声を上げた。

「俺のなかにはまだ歌がある」と彼は言い、その後リカルドに向かってこう言った。「おまえ、わかっておけよ、俺の後釜になるにはもっと努力が必要だ」

全員バスに乗った。

バレンシアからマドリードへの長い五時間の移動中、ぼくは、自分の乗っているバスが五年前のバスが進んだ道のりを、日付というごくわずかの違いはあるものの、繰り返しているという考え、あるいは後追いしているという思いを捨てきれずにいた。（特殊な事情が二つあった。当時の乗客の一人が今回はいない。当時いなかった乗客の一人が今回はいる。）一緒に旅をするようになって三日が過ぎていたが、ラスマタスでの最初の夜、当たり前のように、ほぼ無意識のうちに出たぼくの疑問点は、ぼくの足元をぐらつかせたままだった。マルケス兄弟は、ぼくの記事を助けようという意思を少しも見せなかった。ぼくの質問にはほとんど答えず、記憶は不確かで、道は開かれるというよりは閉ざされた。ぼくが同行していることが原因で、彼らは間違いなく、最後にエルネスト・マルケスについて質問されることを恐れ、ぼくを避けていた。ぼくに何か語ることがあっても、それは無意味なことを言うためだった。そうしてぼくは、アロンソがチキータという雌犬を飼っていることを、それを外で拾い、交配させる気がないのを知った。雌犬は体が小さすぎて、仔犬を二匹も育てられないからだった。アロンソは、チキータが大きな種の犬に妊娠させられ、出産で問題が起きるのを望んでいなかった。「動物は面倒を見てやらないといけない」ぼくに言った。「ひょっとして《犬と子どもたち》を聴いたことがないのか？」ぼくはないと答え、《犬と子どもたち》は聴いたことがないと言った。アロンソは実際、さほど驚いた様子を見せず、それはコリードかとぼくが聞いても、大目にみてくれた。

その日の午後、気温は三十度を下回らないのに、マドリードの舞台でマルケス兄弟は上着とネクタイ姿でリハーサルをした。糊の効いた襟にダブルのスーツ、金のカフスボタン、裾を折り返したズボンを穿き、ドラマーのウーゴは、ドラムのペダルに引っかけないようにズボンの折り返しをガムテープで巻いた（ミュージシャンが夜のコンサートのセットリストを舞台の床に貼るのと同じテープだ）。そしてそのとき、ぼくは前に抱いた最初の印象が間違っていないことを確かめた。彼らが黒い舞台上で夜のコンサートの準備をしているのを見ていると、彼らのあいだに奇妙なメランコリーが存在しているのを感じないではいられなかったのだ。リカルドと彼の父親が二人して、コリードの歌詞をノートパソコンで見直しているとき、リカルドはしゃがんでいたので父親の肩に片手を載せていた。そうしていたのはバランスを崩さないように、あるいはパソコンの柔らかいディスプレイに指を置いてリズムの変更か歌詞の修正をしたあとで立ち上がるときに備えてのものだった。その仕草は、別の状況だったら、ぼくには親密とも愛情のこもったものとも見えただろうが、そのときには汚れていて、それに気づかないわけにはいかなかった。

同じように気づいたのは、バンドのメンバーと時間を過ごせば過ごすほど、ぼくの記事が失敗していくことだった。ぼくはコンサートが行なわれる場所を、パーティの招かれざる客のようにあたり構わず歩いていた。一種のパティオで、石畳が敷かれ、周囲は壁に囲まれていた。そこはマルケス兄弟のキッチュな八音節の歌詞（移民への賛歌、ティフアナの不幸な愛の物語）よりも、十九世紀の銃殺隊にこそふさわしかった。ともあれ、ミュージシャンの楽屋は、哀しげな動物のように壁にほとんど寄りかかっているトレーラーハウスだった。パティオの反対側、二十メートルぐらいの場所にメキシコ人たちが、ぼくに説明してくれたところによれば、グアダラハラから運んだ車両を据え、そこに食べ物を載せていた。それは一種の駅馬車で、そこから炭酸水やフライドポテト、トルティーリャやコロナ・ビールを売るのだった。駅馬車には文字が書かれ、ぼくはよく見ようとかがんだ。

借金取りはいない。
金を貸した相手を殴りに
行った。

そうしていると、リカルド・マルケスがぼくの隣にやってきた。服を着替え終わっていた。青いレザーのスーツで、いくつかのヘッドフォンが首飾りのように、首に巻きついていた。ぼくは立ち上がって挨拶し、彼が水をひと瓶注文するのを見た。彼は一日のどんな時も楽屋に三リットル置いていた。「五年前もこうだったの？」ぼくは訊ねた。「この車両もあったの？」

リカルドは微笑んだ。「いや、この車両はなかった」

「じゃあほかは？」

「ほかはおんなじだ」リカルドは言った。「おまえ、コロンビア人だろう？」

「そうだ」

「おれたちは一度カリに行ったことがある。だがそのとき、おれはまだ歌っていなかった」

「エルネストが歌っていたんだな」

「そうだ。エルネストが歌っていた」

そのとき、リカルドの父親がトレーラーハウスのドアから怒鳴り声をひとつ上げたので、それ以上我々が話している時間はなかった。「リカルド！」と言ったので、我々はなにかが起きたのだと思った。そのあと、「サインペンを持ってるか？」と言った。リカルドはうなずいて、上着だ、上着のポケットだと言い、その少しあと、父親は我々に近づいてきた。「きみの父親の名前はなんというんだ？」ぼくは小さな声で訊ねた。「アウレリオだ」と彼は言った。そしてアウレリオは、急いでいるかのように、両腕でアコーディオンを抱えながら歩いてやってきた。

「ファンの一人だ」と言った。「全員のサインが欲しいとさ」

彼は椅子を引っ張り寄せて、子どものように両腿に箱を置き、アコーディオンのキーボードの白い部分に献辞を走り書きして、誰に言うともなくつぶやいた。「弾いてくれるかどうか」そのあとすぐ、蛇腹を開いたり閉じたりしながら、ぼくに（誰にともなく説明していたが、その説明は明らかにぼくに向けられていた）、自分はバジェナートを少し知っているが、バジェナート用のアコーディオンは家に置いてある、長旅に持ってくるにはひどく重いから、と説明した。「とても自然な音がする」サインしたアコーディオンについて言い、リカルドにサインペンを渡した。

「どこにサインしよう？」リカルドは訊ねた。

「待て、あっちへ行こう、みんなサインするから」

「ぼくはサインするから、それから持って行ってよ」リカルドは言った。

アウレリオはだめだ、楽屋へ行こう、もうウォーミングアップをはじめる時間だ、あっちにはみんないる、リカルド、おまえは俺たちといるのがもう好きでないのか、と言って大きく笑うと、それは石畳のパティオに響き渡った。

「じゃあ、またあとでな」リカルドはぼくに言った。

「わかった」ぼくは答えた。「少ししゃべりたいな。きみを除けば全員と話したから」

「その通りだ」彼は言った。「だが悪くとるなよ」

優しい笑みを浮かべて離れていった。ぼくはその通りだ、ぼくは彼とは話していない、彼を除いては、全員と話をしたのだと思い続けていた。そのあと考えた——歌手はコンサートの前に冷たい水は絶対に飲まない、と。そのあと考えた——アコーディオンにサインするのに楽屋に行く必要はない、だってここにアコーディオンがあるのだから、と。
悪くとるなよ。

リカルドは、二階の誰もいないボックス席の一つに入り、ベルベットの座席に腰掛けて天井を見た。「芸術に誉れあれ」という文字群が、雲とトランペットを持っている天使とのあいだ、今にもはずれて桟敷席に落ちそうなシャンデリアの近くに浮かんでいた。その日の午後、叔父たちが全員マラガの観光ツアーをしているとき、リカルドはホテルに残るのを選び、そのあとエルネスト・マルケスの平手打ちがまだ痛んで寝ていられないのか、おどおどしながらロビーに降りて、質問をして地図を受け取り、午後の殺人的な暑さのなかを歩いて、その日の晩にコンサートを開く予定になっているそのオペラハウスに着いた。着いたときには汗をかいていて（プラスチックのカードに書かれている彼の名前を見るだけで、劇場の門番は裏口を開けてくれた）、汗でズボンが肌に貼りついていたが、肌がベルベットにくっついている感覚が気持ち悪かった。リカルドはそれを我慢した。立ち上がらずに、二階から降りもしなかったが、すでに舞台の後ろからは騒音が、高さ三メートルのドアの金属が軋む音、照明器具と音響機材を降ろすために後ろ向きで入っているトラックのエンジン音、それはここ、それはあっちへ置け、というエンジニアの指示が聞こえはじめていた。今日、彼は手伝うつもりはなかった。今日の彼は傍観者だろう。

技術スタッフが機材を設置しているあいだ、彼は傍観者だった。メンバーがぽつぽつやってきて、板張りの床を歩き、楽器をチューニングしているあいだ、彼は傍観者だった。リハーサル中、彼は傍観者で、ボックス席にほとんど隠れるようにして演奏を聴き、マルケス兄弟が彼の存在に気づいているかどうかは、彼らが一度も上を見なかったし、照明が彼らの顔に当たっていたために、確証がなかった。リカルドは、サージのズボンに半袖シャツ、貧乏な観光客のように、擦り切れたモカシン靴を履いているエルネスト・マルケスから、視線を離さなかった。リカルドは、自分が彼を軽蔑しはじめていることに気づき、見れば見るほど軽蔑心が募り、歌い手の声の中に、磨耗と痛苦の痕跡を探し出すためだけに、二、三度、目を閉じた。昨晩聞こえた（みんなに聞こえた）咳払いを思い出すのが好きであること、そのうえ痛苦を想像するのが好きなことにも気がついた。マドリードでの最後のコリード、最後の歌詞、**お前の土地の友たちは／お前に悪さをしてお前を傷つける／お前はよそ者だと感じ／その幻滅はお前を苦しめる**を歌ったあと、リカルドは、ほかの全員が気づいたことに気がついた――反射的に手が喉に向かい、途中で気が変わり、もう一度アコーディオンのストラップの下に戻るのだった。そのあと、トレーラーハウスで彼の父親はエルネストに近づき、優しく手をうなじに載せた。リカルドは何の確証もなく思った。痛みに苦しんでいる。そしてエルネストが痛みに苦しんでいることに、彼は満足を覚えた。

マラガの劇場でのコンサート中、ベルベットの椅子に座ったまま腰から下を動かさずにコリードに聞き入っている、痩せこけた聴衆たちのあの悲しい光景を見ているあいだ、リカルドは伯父のエルネストの声で歌を聞き、傷の性質を想像しながら、本当に痛んでいるのかどうか、どれほど痛むのかを考えて悦に入っていた。エルネストは、彼の職業の最も卓越した者らしく、声をやりくりする術、最も難しい音を、それが俗っぽくも目立つようにも聞こえさせないようにする術に長けていた。しかしそれは重要なことではなかった。重要なのは、マドリードからマラガに向かうバスでリカルドが父親に言ったように、エルネストはかつて持っていた（数カ月前の）何らかの特徴を徐々に失いつつあり、バンドらしさは彼と一緒に去りつつあった。徐々にマルケス兄弟のボーカリストでなくなっていったのだ。彼らしさを失いつつあった。「傲慢になるな」父親は彼に言った。「彼がバンドを作った、らしさとは彼のことだ」「本当にそれを信じてるの？」リカルドは言い、父親は答えなかったが、リカルドにしてみれば、その沈黙が間違いなく最も雄弁な答えだった。それをリカルドは思い出し、その言葉を上の空の頭の中で蘇らせていたとき、周囲にこれまでに感じたことのない一種の奇妙な空白を、空気が変わったのを感じ、数秒かかってから、エルネスト・マルケスが音を一つ外したことに、というよりも、彼の喉がその音を出すのを拒んだことに気づいた。

エルネスト・マルケスはマイクから離れた。リカルドは思った。咳をする。咳をして、世界は終わるだろう。

しかしエルネストは深く息を吸いこんで顔をしかめ、両目が潤んだ。バンドは彼をカバーしようと出てきて、コリードの残りをコーラスで歌い、最後に別れの挨拶をした（予定より一曲前にコンサートを終わらせるというこれまでにないことをした）。痩せこけた聴衆たちはもちろんなにも気づかなかった。あるいはおそらく気づかなかったに違いない。というのは、数分もすると劇場の正面入口の階段に聴衆が集まり、出てきたマルケス兄弟はレコードを持ってサインを期待する多くの手に囲まれたからだ。レコードでなければ、古い写真か、地元の放送局に一言か二言でも発言するのを待っているテープレコーダーだった。そのあとバンド全員と同行者は、レストラン〈フアンとマリアノ〉に招待された。狭い下り坂の路地、ガラスのドア、薄暗くて騒々しい場所。しかしエルネストは、断って中座した。疲れている、と全員の耳に入るように言った。ホテルに早く戻り、レモン入りの蜂蜜を用意して、残りのツアーのためにリフレッシュしたい。マルケス一家は、彼が次の角まで一人で歩いていく姿を、若者たちの徘徊するパーティの中に紛れ込んだ急に年老いた老人の姿を、マラガの街灯の黄色い光に照らされている白髪混じりの頭を見た。

「これは二度と起きてはいけない」ウーゴは言った。

「ツアーは終わりかけまできてる」リカルドの父親は言った。

「ただこのレコードは……」ウーゴは言った。

「ああ、だが終わりかけだ。ツアーを終わらせよう」

「終わらなかったら？」

「終わる」リカルドの父親は言った。「それはおれたちが取り決めたことだ」

「もしできなかったら？　もし終わらなかったら？」

リカルドは何も言わずに、彼らのすぐ後を歩いた。


正午に着いたカルタヘナで、温度計は四十二度を指していた。国際音楽フェスティバルは、街の最も高い場所、地中海を見渡せる山の頂上に建てられた、一種の円形劇場で催される予定だった。そこの石段では風が吹き、気温が二度か三度、海抜ゼロメートル地点よりも低く、ぼくは登っているときに変化を感じ——ぼくは歩いて登った。自分で昼食を食べ、バンドのバスではなく自力で着きたかったからだ——、それはまるで、ごつごつしたアスファルトを登っていくうちに、皮膚が一枚一枚剥がれていくようだった。この最後のコンサートは見ないという誘惑に駆られ、一緒に旅をして一週間を無駄に過ごしたことへの諦めを感じたのを覚えている。彼らにとって、良く言えばぼくは迷惑で厄介な存在で、悪く言えば、無遠慮な人間（ほとんどパパラッチ、文学的パパラッチ）だった。しかし、五年前もそうだったように、これがツアーの最後のコンサートだった。何かがぼくがそこにいることを、証言を書くことを求めていた。まるでマルケス兄弟と過ごしたぼくの一週間は一軒の家で、ぼくだけがその家の鍵を持ち、みんなが出て行った後に、きちんと閉めることができるというようだった。円形劇場には半開きの真鍮のドアから入れた。そのまま進んでいき、ぼくはしばらくの間、空っぽの舞台の前にたたずんだ。マルケス兄弟はいなかった。さらにしばらく待った。マルケス兄弟はまだ来なかった。

脇の階段から舞台に上り、中断されたリハーサルの痕跡をすべて確かめた。彼らはさっきまでそこにいたのだが、いなくなったのだった。黒い板張りの床の上に、楽器が、ギター、サキソフォン、見捨てられたアコーディオンがあった（アウレリオの汗で中のクッションは濡れ、水でできた染みは、布の赤色を血の色に変えていた）。その瞬間、アロンソがフェスティバルの現地の主催者をともなって、円形劇場に入ってきた。靴にラッパーの名前が書かれている音響エンジニアの一人が迎えた。彼らは話し合い、互いに状況を説明していた。ぼくは近づいて、みんながどこにいるのかを彼らに訊ねた。するとアロンソは、時間の変更があったとぼくに言った。夜九時に予定されていたコンサートの開始時間を、十一時に遅らせるよう要請があったのだった。「十一時？」ぼくは言った。そうだ、十一時だ。テレビで見る人が、コンサートの最後で花火が見られるようにする。それに花火の時間は、ラテンアメリカにライブ中継する都合から、今年は変更されて動かせない。「ここにおれたちは遅くまで残ることになる」アロンソは言った。

「それで？」ぼくは言った。

「それでなんだ？」

「みんなはどこにいる？」

「ホテルだ」アロンソは言った。「暑さを逃れて休憩中だ」と続けて、「リカルドを除いてな。あんたを待ってる」と言った。

彼は不機嫌な馬のように頭を動かし、ぼくはその動きを追った。リカルドは円形劇場の最終列に、二、三人の若者がラテンアメリカの国旗を飾ろうとしている列柱の影に座っていた。あんたを待ってたんだ、とアロンソは言い、ぼくは驚いたふりをして、なぜなのか、そしていつからなのかは聞かなかった。階段を上っていくと、両腿と肺に、登ってきたばかりの山の重みと暴力的な暑さを感じた。しかしリカルドのそばに着くと、その疲労は全部吹き飛んで、列柱の影は、長い期間でぼくがはじめて経験した最も心地よいものだった。「ここならくつろげる」リカルドは言った。ぼくは彼の隣に座り、両脚を彼がしているように伸ばし、技術者が動き、午後の太陽に楽器が反射しているように見える舞台に、彼がしているように視線を定めた。二人のうちどちらも、下手な戯曲にあるように会話を切り出さなくてよかった。二人のうちどちらも、場を和ませようと思わなかった。二人とも望んでいるが、どうやってたどり着いたらよいのかわからない会話に近づこうと、あの複雑なステップを踏む必要もなかった。そういったことは起きなかった。二人はある瞬間、完璧な沈黙の中にいた。二人は俗なことで沈黙を満たす必要のない旧友同士だった。次の瞬間、何の前触れもなしにリカルドは話しはじめた。

「今日よりも涼しかった」と言った。「でも暑かった。とても暑かった。おれたちはみんな、不快だった。みんな汗だくだった。汚れている感じがして、そう、それだ、汚れている感じがした」

彼らは前の晩にマラガから、そうとう遅くなって着いた。バスのなかでマルケス兄弟は、夫婦喧嘩をしているようだった（四人からなる夫婦だ）。劇場で起きたこと、コンサートの最後でエルネスト・マルケスに起きたことに、みんな向き合わないように寝ているふりをしていた。「彼には誰も何も言わないの？」リカルドはその晩、ホテルの薄暗い部屋で父親に言った。そして父親――リカルドから二、三メートル離れたところにあるもう一つのベッドに横になり、ドアの下に漏れてくる光でシルエットが浮かび上がっていた――も寝ているふりをしていた。リカルドは、エルネストが浴室の鏡の前に立って、手を首に当てるのを、あるいは「ポリープ」「結節」「喉頭癌」といった言葉を考えているのを想像した。リカルドはそのまま眠り、翌日、父親よりも早く起きて食堂に降りた。ホテルの食堂に苦い表情のウェイターと、眠れない老人だけがいるあの時刻だった。新聞はどれもまだ誰にも読まれていないので、入口の大きなテーブルに我慢強く手つかずのまま置かれているあの時刻だった。そしてそこに、もちろんエルネスト・マルケスがいて、鼠のような齧り方でクロワッサンを食べていた。「皿にはほかに何もなかった」リカルドはぼくに言った。「両手でそれを掴んでいた、クロワッサンを両手で掴んでいた。クロワッサンはとても小さかった、それを両手で掴んで口に運ぶのは難しい。でも伯父はそうしていた、鼠のあの齧り方で口に運んでいて、そのときおれは伯父に言った」ファミリーが言わないのなら、リカルドは思った。みんなが考えていることを言うのは自分だ。

「ファミリーはあんたが引退するときだと思ってる」リカルドは伯父に出し抜けに言った。「ファミリーは、あんたにいなくなって欲しいんだ」

リカルドは、百もの異なる反応を想像していた。しかし伯父のエルネストが実際に起こした反応は想像していなかった。クロワッサンのかけらに覆われた皿から、目線を上げもしなかった。

「おれはもう他の奴とは話したよ」エルネストは言った。

「伯父さん、あんたはもう終わってる」リカルドは言った。「それだけのことだ。おれたちは、あんたにもう歌ってほしくないんだ」

「おれはもう連中とは話した」エルネストは繰り返した。そのあと続けた。「おれはこのコンサートまでは歌う。最後になるだろう。そしたらもう邪魔はしない」

「でもおれは賛成しない」リカルドは言った。「このコンサートは生中継だ。このコンサートはラテンアメリカ中に流れる」

「このクソガキ」エルネストは、リカルドがこれまでに見たことのない切迫感――いや、激しさだ――をともなって言った。「おまえの考えなんて誰も聞かない」そのあと続けた。「おれはこのコンサートを歌い切る。気に入らないなら出ていけ」

リカルドはその日、バンドからも技術者からも離れ、逃げ隠れしていることを自分では認めないまま逃げ隠れしていた。そして心の中でファミリーの反応をあれこれ想像していた。叱責、父親からの否認、非難が浴びせられるだろう。傲慢だと言われるだろう（それにはとっくに慣れていた）。序列と血統、そしてそれを越える権利を持つのは誰なのかが言われるだろう。リカルドはあてもなく焼けつく街を歩き回り、スーパーマーケットで暑さから避難して——冷蔵庫の前にしばらく立ち止まり——、コンサートが始まるまでの直前の時間を、港で船を見ながら気をそらしていた。空は紫色、そのあと灰色に変わり、風景の輪郭が消えていき、そして街灯の光がすべてを黄色く染めていたが、リカルドが頭をあげると、山の上のほうに、遠くの輝きが見えた。集中して音楽を聞こうと、ベースの震えを感知しようとした。さほどの確信はなかったが、それができたように思った。海の黒い空洞を前に、歌を数えあげていった。《猛獣》《強者たち》《魂の影》、次の歌《貧者の聖母》は、最初から最後まで歌った。そのあと、彼にとっては難しくないが、歌の時間を正確に計算した。それだけでなく、歌と歌の間の時間、彼が生まれた時から聞いていて、そのときまでに彼の意識に自分の名前と同じくらいくっきり刻まれた、そのコンサートに必須の沈黙と小休止の時間も計算した。そのあと、できるかぎりゆっくり歩きながら登りはじめた。

自分の計算（つまり自分の耳）にまったくの狂いがなかったことに、彼は驚かなかった。リカルドが円形劇場の壁づたいに歩いていくと、ちょうど最後のコリードの最後のリズムが消えていくところで——**お前はよそ者だと感じ**、と観衆が声を合わせて歌い、**その幻滅はお前を苦しめる**——、彼がプラスチックの名札を門番に見せると、ちょうどマルケス兄弟は、舞台から去るところだった。彼は、舞台と前列の階段のあいだに立っている観衆の中に入り、群衆の中心のほうへ、肘や腰がぶつかってくるのを感じながら、苦労して進んでいった。するとマルケス兄弟は、今度は楽器を持たずに舞台に戻った。両手をあげ、観衆に頭を下げ、そして空が明るくなった。花火？　リカルドは思った。花火の計画は知らなかった。しかし、午後の間ずっと行動をともにせず、その午後にはマルケス一家の一員であることをやめていたのだから、どうやって知ることができるというのか。そうだ、そう思った。おれはもう、彼らの一人じゃない。それがひどく彼の心を痛めるとは思ってもいなかった。

ホテルに着いたとき、まだ花火は夜を照らしていた。真っ黒の空に、さまざまな色の痕跡が散りばめられ、リカルドは小さい頃学校でやった工作を思い出した。色のついたクレヨンで紙を塗り、次にその上に黒色のクレヨンを塗るように先生が指示し、そのあと表面をピンで引っかくと、奥からさまざまな色が浮かび上がってきて、それがいま空の底から赤や青や緑の光が浮かび上がっているのと似ていた。そんなことを考えていると、父親が彼の腕をとって、ホテルのバーに連れて行った。バーでは、男がコップを洗って店を閉めようとしていた。リカルドは、アロンソとウーゴもあとから来ていることに気づいた。ただ一人、伯父のエルネストはリカルドにおやすみも言わずに、休息に向かった。テキーラを一本とグラスを四つ注文し、彼の父親が妙に厳粛な面持ちでグラスを満たすとき、そのテーブルにはこれまでに生まれたことのない沈黙が生まれ、ようやくリカルドは、これはツアーの終わりの乾杯ではなく、まったく異なる別のことなのだとわかった。すると父親が話すのが聞こえた。

父親はリカルドが知らない、マラガのコンサートのあとの出来事をリカルドに語った。彼らはレストラン〈フアンとマリアノ〉から戻り、眠った。夜中の三時、ウーゴの電話が鳴った。エルネストからで、自分の部屋に呼び出すために、一人ひとりに電話をかけていた。リカルドを除く全員に。こうして彼らは、パジャマ姿でファミリーの最年長者の乱れたベッドの上で、不眠の臭いのするあの壁に囲まれながら、エルネストが話すのを聞いた。語るときのエルネストは、厳しい表情と落ち着いた声で、諦めのような、だが謝っているような口調だった。それは前もって言っていなかったことに対して、全員に関わる情報をファミリーに隠していたことに対してだった。喉頭癌の診断から三カ月後、医者は彼の聞きたくない知らせを伝えた。癌のある喉頭を切除するというものだった。エルネストは、拒んだらどうなるのか、病気の喉頭をそのままにしておいたらどうなるのか訊ねると、こう言われた。「そうしたら、クリスマスまでもたないでしょう」医師たちはエルネストに、その分長く生きられると言ったが、エルネストは、罪人のように死を乞うたのだった。彼はスペイン・ツアーが終わるまで手術を延ばすように頼んだ。そうすればその最後のツアーで歌えるから。自分の遺産をファミリーだけでなくファンにも残せるから。医師たちは同意した。手術は次の金曜日に予定されていた。

「次の金曜日だ」リカルドの父は言った。「エルネストは声を失う。歌えないし話せない。二度とな、リカルド。役立たずのパントマイムだ、やつはそうなる」

「話せないの？」リカルドは言った。

「全部除去する」父親は、片手を鉤形にして首にもっていき、のどぼとけを引っ張る仕草をした。

「これからの人生、あいつは沈黙して過ごす、おまえにわかるかどうか知らんがな」

「知らなかった」リカルドは言った。

「誰も知らなかった」父親は言った。「エルネストはおれたちには話したくなかった。マラガのあと、そうするしかなかった」

「あいつは、おれたちが最後のコンサートを歌わせないと思ったんだ」ウーゴは言った。「確かにそれがおれたちの考えだった」

リカルドはテキーラに口をつけなかった。「最後のコンサートだったのか」と言い、「そしておれはいなかった」と言った。

「いいか、おい」ウーゴは言った。「ここんところ、あいつはコルチゾンを打っていた、一人で、部屋でな。一人で注射して、タフだよな」

「おれはもう伯父さんの歌を聞けない」リカルドは言った。

「それは違う」父親は言った。「だがおまえがそれを自分で望んだんだろ。おまえは望んでその機会を逃した」

以上のことを、二〇〇一年のツアーの最後のコンサートの少し前、円形劇場の最終列で、彼はぼくに語った。暑さはやや和らいでいたが、まだ頭と両肩に丸一日分の太陽の重みを感じることができた。「お前ならわかるだろ?」ぼくに言った。ぼくは、ああ、わかると言ったが、実はなんのことなのかわからなかった。その重荷を理解できなかった。エルネスト・マルケスという人間が、この五年間、彼の後継者にいかに付きまとっていたのかを理解できなかった。彼ら——後継者だけではなく全員——が一九九六年のあの悲しい年のツアーと歌、そしていつものやり方を繰り返しているときに何を感じてしまうのかを理解できなかった。

「それで、エルネストはどうしたんだ?」ぼくは訊ねた。

彼らはスペイン・ツアーから戻り、エルネストが永遠に声を失う三日前、ロサンゼルスに着陸し、医師たちと長く複雑な面談を行なった。それはほぼ交渉と言ってよいものだった。目的は、エルネストに気管切開手術をしないように医師たちを説得することだった。それは型通りの手術ではあったのだが、エルネストは喉に穴を開けたまま、残りの人生を過ごすことを望まなかった。気管切開手術をすれば、とリカルドはぼくに説明した。その後は電気装置によって喉に一種の蓋をして話すことはできるが、その代わりハーモニカを吹くことは永遠にできなくなる。「喉でハーモニカを吹くつもりはない」エルネストは医師たちに言った。医師たちは同意した。それからの数日間、ファミリーは全員で、エルネストの口癖や便利なセリフのリストを作りはじめた。エルネストが頻繁に口にするが、身振りでは言えないセリフだ。そのあと、これまでのアルバムをすべて録音したスタジオに行き、エルネストがマイクの前でそのフレーズを発音すると、そのフレーズは医師たちに与えられた特別な録音機に収められた。ボタンを押せば、エルネストの声が、**会計をしないとな**、**ニワトリはいつも歌ってる**、**遅かれ早かれ**、**テキーラが蒸発しちまった**、**俺が怒ってないなら俺に構うな**、と言った。そのあと手術が行なわれ、エルネストの声は世界に存在することをやめた。録音機から出てくる決まり文句をのぞいては。

「二年前エルネストは亡くなった」そしてぼくに言った。「一九九九年の終わりごろだ、新しい世紀を見ることはできなかったが、ツアーのアルバムは手にしたよ」

アルバム。兄弟（と甥）はある午後、プレスされてすぐにそれを持って行った。エルネストは微笑みながら彼らを迎え、彼の器具を通して声が響いた。**よお、お前ら、何しに来た？** しかし物を見ると、表情が真面目になった。一同で、エルネストが数年前、充分な金がはじめて手に入ったときに作らせた音響室に入って腰掛け、マルケス兄弟のコリードがあたりを満たした。

「そしておれたちは、カルタヘナのコンサートを最初から最後まで聞いた」リカルドはぼくに言った。「ファミリー全員がそこに集まってな。そのときの歌は、あの午後、あそこまで、あの劇場まで山を登っていくときに、頭の中でおれが歌っていたとしか考えられない。おれは頭の中で、あの歌を全部聞かずに、というか、遠くで聞きながら歌ったんだ。そのあいだエルネストは、もう二度と歌えないと知りながら歌ったんだ」

リカルドは立ち上がった。着替えてヘッドフォンをつけ、他の連中が来る前に少しウォームアップするとぼくに言った。そしてぼくを一人残した。

以上が、マルケス兄弟とのあのツアーについてぼくに託された話、そしてぼくは見ていないけれども、リカルドが細部まで語ってくれたので、語り直すことのできるあのもう一つのツアーについて、ぼくに託された話だ。エルネスト・マルケスのイメージはぼくに刻まれた。ぼくが知り合うことはなかった、ロサンゼルスの自宅の音響室に座り、ファミリーに囲まれ、ツアーアルバムの自分の声を聞いている彼。彼にしか聞けない声を聞いている姿。人は、自分たち自身が聞いているのと同じようには、自分たちの声を聞けない。我々の声は、話すときに我々の頭の中で違う音として響いている。だから我々はそのほかの場所で、留守番電話、撮影されたビデオ、最後になるとわかっていて歌った歌を通じて自分の声を聞くと驚くのだ。リカルドがぼくに別れを告げる前、すでに立ち上がったリカルドが語った内容はぼくに刻まれた。カルタヘナのコンサートを収めた、できたばかりのアルバムをファミリーで聞いていたあの午後のことだった。最後のコリードの終わりが近づいて、エルネスト・マルケスが兄弟と一緒にスピーカーを通して歌詞を歌っているとき、誰も見たことのないことが起きた。エルネストは決まり文句の入った例の装置を探し、彼の指がボタンを押した。彼の目はリカルドに釘付けになった。そのとき録音された彼の声は言った。

さあ、お前が歌う番だ。

歌、燃えあがる炎のために

これは、ある小説家が彼の物語についてすでに述べたのと同じように、ぼくがこれまでに聞いた最も悲しい一つの物語で、この物語のなかでは、そのすべてが、ある詩人が述べたこととは逆に、一冊の書物とともにはじまる。実は、一つではなく複数の物語である。あるいは、結末は一つしかないとしても、少なくとも複数のはじまりを持つ、一つの物語である。だからぼくは、あらゆることを、あらゆるはじまりを、あらゆる物語を、そのどれひとつとしてぼくからこぼれ落ちてしまわぬように、語らなければならない。なぜなら、そのどこかに真実が、このとてつもない出来事の中にぼくが探し求めているちっぽけな真実が見つかるかもしれないからだ。

ぼくは数年前、二〇一四年の中頃、多くのこと、なかでもとりわけ二つのことをめぐる、厄介で複雑な小説の執筆に迷いこんでいた。その二つのこととは二件の暗殺で、我々の強情な歴史がお気に入りの中でも最も薄暗い部類に入る、ラファエル・ウリベ・ウリベとホルヘ・エリエセル・ガイタンの暗殺である。ぼくは、ぼくの街の中心部にある迷宮的な建物、ルイス・アンヘル・アランゴ図書館にこもり長時間を費やして、その犯罪に関してすでに知れ渡っている真実について資料で裏づけをとっていたが、それにも増して、隠れているか忘れ去られている別の真実、あるいは葬り去られているか秘匿されている別の真実を物語っているような、でなければそれに近づけるような資料を探していた。そのうえぼくは、たいてい夜遅くなってから、別の迷宮にも迷いこみ、困難な時間を過ごしていた。そのインターネットの迷宮はいつも深い不安を掻き立て、ぼくが調べたかぎりでは、その不安の徴候は広場恐怖症に実によく似ていた。しばらく経ってこの物語が完成し、それを理解しようとしはじめたとき、ある人から、インターネットでアルゴリズムが演ずる役割を説明された。ぼくがいちいち気にしなかったその機能を通じ、ある日、ぼくの検索履歴は、とある広告をぼくに届けさせた。古書や稀覯本を扱う本屋が、サンティアゴ・デ・チレから、ぼくがその存在についてほとんど知らない本の初版を教えてくれたのだった。ラファエル・ウリベ・ウリベがサインした文法書である。

本は三十日後、郵便で届いた。ウリベ・ウリベは二十五歳をわずかに超えた年齢でこの本を執筆あるいは編集したのだが、そのあいだ、彼はある男を殺害したことにより、数カ月の代償を刑務所で支払っていた。ことはそれより前の新しい内戦の勃発にさかのぼる。ウリベ・ウリベはアンティオキアの自由派の軍隊のトップについていたが、自軍が反乱するとの脅しを受けたので、大佐——このように書くのは、ウリベ・ウリベはこのときまでに大佐になっていたからだ——は反乱者たちのリーダーだった兵士を呼び出し、彼自身の手で、しかも裁判にかけずに銃殺したのだった。敵の保守派たちは戦争に勝利すると、その機を逃さずウリベ・ウリベを一年投獄し、そのあいだ、判事が彼の運命を握っていた。最終的に彼は赦免されたが、牢獄にいたその一年、彼は、ぼくがいま手の中に持っているこの本を書くのに費やした。それが『簡約辞典——フランス語からの借用、地方的表現、正確な言葉遣い』で、著者あるいは編者は、出版の目的が真面目なものであることに疑いを抱かせないように、この辞典を当時最も権威のある文法学者ルフィーノ・ホセ・クエルボに捧げている。

その辞典は、すでに保守的になっていた国で出版された。保守的な国であるといっても、コロンビアの国民的な気質でいつもそうであったからではなく、法律の定めによるものである。一世紀と五年のあいだコロンビアを支配することになる新しい憲法は、その前年、「あらゆる権力の至高の源である神の名のもとに」公布され、カトリックを公的な唯一の宗教と定め、それ以外の信仰を「キリストの倫理に反しない」ものに限って認めた。ウリベ・ウリベは新しく打ち立てられた秩序への応答として、自由派の新聞『規律』を創刊した。そのあとすぐに彼は再び牢獄に入れられたが、その理由は、自由派の新聞『規律』の創刊によるところが大きい。こうした事情をすべて考慮すると、彼がそれからの数年間を、民間人としての生活に専念したとしても不思議ではない。彼はアンティオキアに自身のコーヒー農園〈エル・グアランダイ〉を興し、クンディナマルカ、かつてのカルダス、あるいは将来キンディオと呼ばれる遠方のコーヒー農園も経営した。彼は本を読み、文章を書き、国の運命を気にかけた。新しい人と知り合い、その中には彼と意気投合した人もいれば、憎んだ人もいた。要するに彼は一市民、幸運に恵まれない一農園主として、確固たる信念と癇癪持ちの一家の父として、しかし公的な生活からは距離をとって生きていたかったのだ。

周知のことだが、その願いは叶わなかった。世紀末にもう一度戦争が、あらゆる戦争の中で、最も残忍で血なまぐさい戦争がやってきた。戦争が終わると、ウリベ・ウリベは戦争にも、戦争で目にしたものにも懲りて、平和の人になった。そしてそれによって、敵からはあいかわらず憎まれ、無神論者や社会主義者と呼ばれ、それだけでなく友人からも憎しみを買い、彼らからは裏切り者や恥知らずと呼ばれた。一九一四年十月十五日の正午過ぎ、二人の職人がボゴタの最も人通りの激しい路上で、彼の頭蓋骨を手斧で粉々にした。

このウリベ・ウリベの人生のなかで、いまぼくが最も興味がある——ぼくの悲しい物語にふさわしい——のは、彼が素人の農園主として過ごした時間である。というのは、彼が経営した農園の一つは、とても短い期間にせよ、デ・レオン一家が所有したものだったからだ。ココラ谷の特権的な十ヘクタールで、そこの境界からは、通る者が息を呑むような山の斜面を見下ろし、川と呼んでもよい太い渓流が見えた。農園はヌエバ・ロレナと名づけられていた。そう呼ばれる必然のない、大げさとも言える名称だが、我々の欠点がたいていそうであるように、それはその一家の気質によるものだった。ウリベ・ウリベは、一八九八年の四、五カ月間、その農場を引き受けた。地平線にその姿が見えつつあった新しい内戦によって、彼は仕事を中断することになった。あるいは少なくとも我々はそのように想像できる。もしそうでなければ、彼がその完璧な仕事、コーヒーの樹が勝手に育ち、邪魔されずに読み書きする時間があった仕事を辞めた理由がわからない。土地の所有者であるデ・レオン夫婦と小さい子どもは不在で、すぐにコロンビアに戻ってくる気配はなかった。

いずれにせよ、ウリベ・ウリベはデ・レオン一家の農園を去ったわけだが、彼らの間に生まれた文通によって友情は続いた。彼は手紙でホルヘ・デ・レオンに、文学の最新動向について話して欲しいと書いている。ホルヘ・デ・レオンは、自分は商売人であって文学は自分の専門ではないが、妻と息子はそうであると書いている。ある手紙では、モーリス・バレスの名前が出てくる。新しい世紀に入ってかなり経ってからの別の手紙では、ラテンアメリカについての雑誌を創刊したガルシア・カルデロン兄弟の名前が出てくる。きみたちの生活の豊かさが羨ましいよ、とウリベ・ウリベは大袈裟に書いていている。その代わり、こちらではなにもかもが砂漠だ。

デ・レオン一家、ホルへとベアトリスの夫婦は、一八七〇年代の終わり頃からパリに居を定めていた。パリ十六区、彼らに贅沢な生活をさせてくれる会社から数区画のところで、息子のグスタボ・アドルフォは生まれた。コロンビアの地を一度も踏んだことのないその若者は二十一歳のとき、二つの国籍から一つを選ぶことになり、おそらくはるか遠い場所への魅惑に誘惑されてのことだろう、あるいはまた、両親への忠誠に騙されてのことだろう、コロンビア国籍を選んだ。しかしフランスが戦争状態に入った場合には、外人部隊に加わって戦うつもりであることを心に留めておいた。彼は動乱がどれほど近くまで来ているか想像したことがあったのだろうか？　おそらく彼は想像しなかったが、両親はした。一九一四年六月、ガヴリロ・プリンツィプがサラエボの街路でフランツ・フェルディナントとその妻を殺害したとき、デ・レオン一家はある考えを考慮に入れはじめた——凄まじい大きさの、重大な何かがここに起きるだろう。だから、コロンビアに戻る可能性を考えるときがきたのかもしれない、と。一カ月後、アクション・フランセーズの活動家は、ジャン・ジョレスが戦争の非道に抗おうとして率いた運動に苛立ち、またジョレスが軍事同盟の危険について放った警告を嫌がり、ジョレスを犬、裏切り者、非国民、社会主義者、無神論者と呼んだ保守的なプロパガンダに興奮して、昼食中のジョレスを探し出し、歩道から銃殺した。パリを震撼させたその犯罪は、船に片足が乗り掛かっていたデ・レオン一家を不意打ちし、ヨーロッパを捨てるに足る確固とした理由になった。

しかし夫婦の息子は両親に続かなかった。八月、自分の運命を知った——第一外人部隊第二歩兵連隊である。両親がすでにル・アーヴルを出て大西洋を渡り、何回か居心地の悪い港に立ち寄ってバランキーリャに着き、マグダレナ川を蒸気船でさかのぼり、港から跳ねる車で川沿いに山を登り、コーヒー農園に着いた頃、グスタボ・アドルフォは、五十車両ある無愛想な鉄道になんとか身を落ち着け、訓練を終えるためにバイヨンヌに向かっていた。彼の手紙の中で、当初の退屈は、はじめての作戦のシミュレーション、はじめての攻撃のシミュレーションの興奮に変わっていった。両親は不安を抱えながらそれらの情報を受け取ったが、街に行かなければ見つからない戦争のニュースは、いつもはるか遠くのことと思われた。あるいは農場でやるべきことに日々追われ、ついていけなくなった。夫婦は、手紙を通じてウリベ・ウリベに自分たちの到着を伝え、彼はボゴタから歓喜の口調で返信を送り、共和国議会の務めが片付いたらすぐにでも訪問すると約束した。その約束は果たせなかった。職人と彼らの手斧がそれを阻んだのだ。

昨日、ウリベ・ウリベ将軍も殺された、とホルヘ・デ・レオンは息子に書いた。世界は狂ってきている。その手紙は息子のもとに、バイヨンヌを出るわずか数日前に届いた。マイイ＝シャンパーニュに向かった彼の中隊は、ペン大佐指揮下のモロッコ師団と合流した。グスタボ・アドルフォはこうした情報をすべて入念に両親に伝えた。彼は、彼の身分には馴染みのない厳しい仕事について、野蛮よりも文明を擁護する気高さについて、土と腐った藁の天井とで作り、鼠の群れが巣にする避難所についても両親に話した。その年の終わりごろ、彼の手紙は、塹壕のことや、グスタボ・アドルフォによれば「発情期の雌猫」のような音を立てて飛んでゆく砲弾や銃弾の轟音のことで満たされた。ドイツ野郎《ボッシュ》の攻撃にも耐えられる格別の塹壕を掘ったことを自慢げに、そして頭に散弾を受けて運命が決まったかに見えるベネズエラ出身の友人のことを話した。もし生き延びても、とグスタボ・アドルフォは書いた。ひどい外見になると思う。この手紙では部隊のフランス語、自分の言葉でもあるこの美しい言葉、モリエールとフロベールの言葉がひどい使い方をされていると嘆いている。そして、以下のことを両親は知ることはできないのだが、四月二十二日にシャンパーニュで書かれた別の手紙を考えないわけにはいかない。その手紙でグスタボは、数日以内に新しい場所に向かって出発する予定だと伝え、両親からの贈り物に感激の言葉を連ねている。贈り物とはラファエル・ウリベ・ウリベの例の『辞典』のことで、本のタイトルの横に母は、（明らかに女性らしい文字で）堅苦しい言葉を書き添えていた——**私たちの英雄に。早く再会を果たし、栄誉の戦場での勝利をともに祝うことを祈念して。**

数日後、彼はアルトワで塹壕を掘っていた。他の人が数日間続けて掘っていることに、そして近づいている戦闘は大きなものであることに気づいた。その後の彼の身に起きたことについて知らせはないが、衝突がどのように起きたのかを我々は知っている。五月九日の夜明け、大砲が攻撃の発端となった。彼の中隊の任務は、白い作品と呼ばれているベルトンヴァルの森の近くの丘にドイツ人によって掘られた塹壕を占拠し、そのあと、丘一四〇を奪うことだった。連隊の働きは奇跡的だった。裏切り者に助けられ、歩兵《ポワル》は、それが最後の戦いであるかのように命知らずの勢いで戦場に身を投じ、一時間半もすると目的を達成した。さほど多くの兵士を失わなかったが、亡くなった兵士の一人、銃弾が首を貫通して即死したのは、次の週の日曜日に二十六歳になるはずのグスタボ・アドルフォ・デ・レオンだった。

すぐに家族のもとに送られた、亡くなった兵士の書類の中に、おそらく書きかけのソネットの一部と見られる数行の詩があった。

どの地獄も私的な起源を暗示する――
それ自身の煉獄、その生まれついての罰を。
地獄は敵が燃える塹壕である。
煉獄は黙りこんでいる女性の肉である。

ルベン・ダリーオからの影響（終わりから三音節目にアクセントを置くあの詩形、あの十四音節の詩）はあまりに明らかだった。少なくともぼくは冒頭からそう思った。デ・レオンは、外交官で作家のサンティアゴ・ペレス・トゥリアナが編集していたロンドンの雑誌に詩を載せたことがあった。ペレス・トゥリアナはジョゼフ・コンラッドとミゲル・デ・ウナムーノの文通相手で、ルベン・ダリーオの友人だった、あるいは少なくとも同好の士だった。だからペレス・トゥリアナが詩を書く兵士に読書を勧めたことはありえない話ではない。先の四行詩に弱点がないわけではないが、示唆には富んでいる——理想主義的な若者で善き息子、そして犠牲になった愛国者でも、世俗的な生を送ることができたということだ。職務上の手紙の欄外に句読点もなく韻も踏まずに書かれた部分的な詩行も、同じような内容を語っている。

乳房と腹は、あらゆる国々である
唇の形は、ぼくがたまたま生まれ落ちた祖国である

ぼくは、一九一五年の終わり頃、亡くなった息子の手紙や書類の入ったあの小包を開けるグスタボの両親の立場に身を置いて、その知らせを受けとめ、その衝撃に耐えているときの彼らを想像しようとする。そしてぼくは失敗する。ぼくには、グスタボ・アドルフォの両親がどのようにして、あのコーヒー農園でその衝撃を受けとめた（その知らせを耐えた）のかがわからない。あの小包には彼らが送った手紙が入っていたが、例の『辞典』が入っていなかったことを、両親は悲しく思っ

たに違いない。ぼくは、それが小包に入っていなかったことを知っている。なぜならそれから六年たったあと、予想とは異なるルートで彼らのもとに、届いたからである。

フォークナーの描いた一場面のようなものだったとぼくは想像している。たとえば『八月の光』の冒頭のような場面だが、ここではお腹にいる子の父親を探している妊娠した若い女ではなく、年配の男が小さい女の子の手を引いている。男はサレントから歩いてやってきた。暑い地方の服装だった。少女の手を引き、もう片方の手で重い鞄を持っていた。ぼくは、彼がネクタイを緩め、少女の肩に上着を羽織らせた場面を想像してみたい。彼らが着いたのは夕暮れ時だったので、少女は寒がっていたかもしれない。それは一九二一年の十月だった。ホルヘとベアトリスはテーブルに向かって腰掛け、ささやかな夕食が給仕されるのを待っていると、犬が吠えはじめた。入口のドアに掛かる鉄の鐘が鳴った。ホルヘが命じると使用人が階段を降りて、こんな時間に用があるのは誰なのか尋ねた。数分が過ぎると、そのよそ者の男と少女は、靴から道中の土埃を払い落としもせずに、デ・レオン夫妻と一緒に、豆入りご飯の載ったテーブルに向かって腰掛けていた。よそ者は食べながら、ヌエバ・ロレナ農場を見つけるのに大いに苦労したこと、自分の目的地はボゴタであること、そしていま自分が行なっているのは、どうしてそうしているのか自分にもわかっていないが、慈善行為であることを説明しようとした。少女は六歳になったばかりで、とても白い肌と、臆病さゆえに隠しているかのような青い目をしていた。あなたたちのお孫さんを紹介します、男はこう言って、そのあと、二人がここにやってくるまでに起きた出来事を語った。

そのよそ者の男は名前をシルバといい、ホメオパシーの医師で、ニカラグアとパナマを通過していた。そうして数カ月旅行したあと、カルタヘナに着いた。そこでカラマール行きの鉄道に乗り、カラマールで、少女とその母親が乗ったのと同じ蒸気船——ディエス・エルナンド号——に乗った。すぐにその母親と良好な関係が生まれた。その女性はマダム・デュモンテと名乗り、おしゃべりで開放的だったので、彼女と会話をすることはたやすかったが、それだけでなく快適でもあった。もちろん彼女にとっても、諸島で使われる二流のフランス語とはいえ、フランス語を話す人と出会えたのは思わぬ幸運で、喜ばしいことだった。わずか数時間のうちに男は、マダム・デュモンテがパリに住み、大西洋を渡ったのがはじめてであるばかりでなく、フランスの外に出たのもはじめてであることを知った。夫の家族と会うためにコロンビアに向かう途中なんです、と何度か言った。夫はアルトワの会戦でフランスのために死んだ戦争の英雄です。でも一人旅は楽ではないので。カリブまでの旅は大きな問題もなく続けてきたが、いま彼女は疲れを感じはじめていた。この蒸気船の出発を待つのに三日も待つなんて！　滝のような雨が落ちてきて、と彼女は言った。こんな雨は一度も見たことがありません。最初の夜は蚊の大群に襲われました。かわいそうな娘の足をご覧になって。腫れ上がっています。汽笛が聞こえたとき、私たちがどんな思いをしたのか、ムッシュー、あなたにはわからないわ。シルバは彼女を見つめた。マダム・デュモンテは三十歳を超えていないはずだった。戦死した英雄の未亡人、父親のいない娘の母親、そしてここ、見知らぬ土地に命がけでやってきて、娘を家族に引き渡そうとしているのだった。それは感嘆すべきことではないか？　しかし我々はもう船に乗っていますから、とシルバは女に言った。あとは気を楽にして風景を楽しみましょう。ほら、素晴らしい風景です。すると彼女は彼に、ええ、もう楽しんでいます、と言った。

船は午後五時に出帆し、六時半を過ぎると全員船室に入った。暑さで眠れないうえに、蚊の大群に襲われた夜を過ごした翌朝、シルバは朝食の席につき、フランス人女性が病気だと知った。親切な旅客の一団が少女の面倒をみてカフェオレとパンを数切れ食べさせたが、コーヒーは吐き気がするほどまずく、バターは魚のような臭いがしていたので、シルバは自分の部屋にとって返して、クラッカーを一箱持ってきた。名前は？　少女に訊ねた。彼女は答えなかった。船は好き？　少女に訊ねた。亀みたい、と少女は言って、すぐに付け加えた。ママ病気なの、頭が痛いって。良くなるよ、とシルバは言った。熱帯ははじめての人にはいつも難しいからね。ニワトリを見るか？　少女は顔を輝かせた。ニワトリがいるの？　と感嘆の声を上げた。シルバは少女の手を取り、階段を降りて、転がっている丸太のあいだとボイラー室の横を通り、ニワトリがいる籠に着いた。五、六羽いて、シルバは、この数ではこれからの一週間の旅の分には足りないと確信したが、その素敵なニワトリが数日のうちにスープに入ることは、少女にほのめかしもしなかった。

その晩、夕食のあと船室でくつろぎ、そろそろ寝ようかというときに、ドアを叩く音がシルバの耳に入った。それは船長で、フランス人女性の看病をしてほしいと直々に言いにやってきた。高熱が出ています、と船長は言った。シルバは着替えてマダム・デュモンテが苦しみで身をよじっている船室に駆けつけた。最初に気づいたのは吐瀉物の強烈な臭いだった。聞こえてくるカタカタという音が、簡易ベッドのバネとネジの音だとわかるのに時間がかかった。ベッドは女性の痙攣する体と合わせて動いていた。というよりも、病気の体の寒気によって動かされていた。シルバは女の頬に手を置くと、出たばかりの汗で濡れた。これまでしてきた旅で、ここまでの高熱に触れたおぼえはなかった。ネグリジェの首の結び目をほどいた。棚に刺繍付きのタオルが二枚あったので、それを両方洗面台で水に浸し、一枚で首と胸を覆い、もう一枚で手袋のようなものを作り、燃え上がる額、血のように赤い頬に載せた。そして、どうしたらよいのかわからないので、自分の船室からキニーネを持ってきて、マダム・デュモンテに、翌日には良くなりますよ、と言った。

そして確かに快方に向かい、食べ物がほしいとさえ言ったが、そのあと、ひどく喉が渇いていると言い、水を飲みはじめたので、寝室にあった磁器の水差しを一日のうちに五回も満たした。シルバは濾過装置のあるところまで降り、川の濁った水を石が綺麗にしていくのを忍耐強く待ち、そのあと水差しを病人のところまであがって届けた。それを何回か繰り返したあと、マダム・デュモンテが乗客と快活に話しているのを見て、良くなると信じた。そう思いながら眠りについた。消化不良だったのだ、そう、汚い水が原因だ。バクテリア、パスツールの手の届かないこのあたりに増殖している細菌のせいだ。心の底では、ほかの、もっと恐ろしい可能性があるのを知っていた。コロン市や付近の湾で似たような症状を見ていたからだ。そして夜が明けたとき、最悪の予感は確かなものになっていた。船室を出ると、仕事着を着た少人数の一団が、木製の床を汚しているマダム・デュモンテの薄黒い吐瀉物を掃除していたのだった。

二十四時間後――大いに吐いて、大いに熱が出て、大いに汗をかいて、むなしい手当をたくさんしたあとで――、彼女は死んだ。使っていたシーツに包まれていました、とシルバは語った。司祭がやってきて祝福を与えて船尾の階段のそばで祈りを捧げ、全員で力を合わせて大きな金属板に彼女を載せ、マグダレナ川に落とし、それが視界から消えるまでのあいだ、船は人が河岸を歩くような速度で上流に向かっていった。少女はこうしたことのすべてを目にすることはなかった。というのは、少女を船室に連れて行って気晴らしをさせようという良識を持った人がいたからだが、そのあと、少女は母親が死んだことと、これからはこの男の人が家族の元に連れて行くことを説明され、慰めの言葉もかけられたが、その声がどこにも届いていないのは明らかだった。最悪だったのは、とシルバは言った。隔離でした。というのは、そういうことが起きると、船は寄港できる一番近い港に接岸して旗を上げ、何年にも思えるほどの長さ、旅の共同生活を損ない、旅客を苛立たせる日数のあいだ、そこから動けないからだった。シルバは、全部母親の責任だと少女をなじる男を殴って鼻の骨を折ってやった。娘を連れて一人で旅をしているってことはよ、男は言ったのだった。売春婦じゃないのか。しかしそれはスペイン語で言われたので、少女は何もわからなかった。

こうして、ここに着いたわけです、とシルバは言った。カラマールで乗船してからほぼ二カ月です。どういう巡り合わせかわかりませんが、断るわけにもいきません。少女は独り、未知の国に独りぼっちです、誰とも話せないし、行くあてもありません。幸い母親が話好きでした。幸い誰とも口をきかない臆病な乗客ではありませんでした。なぜって、少なくともわたしは、その娘を連れてくるのに必要なことを知ったのですから。ヌエバ・ロレナ農園。多くの人がヌエバ・ロレナ農園について聞いたことがありました。でも信じてほしいのですが、蒸気船ディエス・エルナンド号の乗客の中にはいなかった。でもようやくここに、あなたがたの孫娘がいます。あなたがたの息子、アルトワの会戦における英雄の娘です。ここに孫娘がいて、ここに孫娘の、こんな言い方で申し訳ないが、死体のように重い鞄があります。で、わたしとしては、一晩泊めていただきたい。明日ボゴタへの旅を続けます。

そしてその場で、鞄を食堂のテーブルで開け、最も重要と思われるものを取りだした。赤いリボンで結ばれた、さまざまな大きさと色の封筒の束だった——グスタボ・アドルフォが妻に宛てて書いた手紙。しかし両親は鞄の中を覗き、別の物を見つけた。服と靴のあいだから『辞典』が見えた。母親は本を開き、彼女が直筆で書いた献辞がそこにあるのを確認した。少女はなんという名前ですか？　そのとき母親は訊ねた。

オレリ、とシルバは言った。あなたたちで好きな姓をつけるといい。

アウレリアのほうがいいわ、とベアトリス夫人は言った。説明しなくてもコロンビア人になれるから。

そしてアウレリア・デ・レオンはそれからの四年間をヌエバ・ロレナで祖父母のもと、コーヒー農園に紛れこみ、切り立った斜面を登ったり降りたりして収穫人を助け、農園のスペイン語を少しずつ学んで過ごした。果実を指で潰して豆を取り出す方法と、お腹が痛くなるまで甘い果肉を食べ過ぎる方法を学び、病気の葉を見分けて大人に知らせることができるようになり、動かすために輪を吊るさなくてはならない小さな粉砕器の使い方を習った。祖父母は、グスタボ・アドルフォが少女の母とどのように知り合ったのか、その情報が手紙に書かれていなかったので、わからなかったが、二人の関係が一夜かぎりのものでないという事実を認めざるを得なかった。二度の遠征のあいだを利用してパリに立ち寄る兵士は、孤独と恐怖を和らげるために女を探していたのだった。手紙の中に写真が一枚あった。女がグスタボ・アドルフォに送ったものと思われたが、ヌエバ・ロレナ時代の祖父母はそれを使って、母親のイメージを少女に記憶させせた（貧弱なイメージだった。なによりもぼんやりしていた）。

こうしてアウレリア・デ・レオンは育った。十歳になったとき、祖父母はこのまま原始人のように、ヤギやバナナに囲まれて、コーヒー収穫人の低劣な本能のなすがままにさせてはいけないと考えた。彼女を、〈聖母の奉献〉の修道女の手に委ね、善き市民に育ててもらおうと、ボゴタの全寮制のカトリックの学校に送った。

いくつかのはじまりをもつ、あるいはいくつかの綛《かせ》から糸が出てくるこの物語の二つ目のはじまりは、一つ目のはじまりから二年後に起きた。二〇一六年の中頃、ぼくの友人のホタ、コロンビアの戦争を撮影する写真家で、いつも旅に出ている女性が電話をかけてきて、ぼくに記事の執筆を提案した。彼女は写真を持っていて、あとはそれに添える文章が必要だったのだ。ホタはそのときぼくに、ぼくがそれまでに聞いたことのない場所、〈シルカシア自由墓地〉の存在を教えてくれた。ホタは電話越しに、黙ってしまうとぼくにノーと言う機会を与えてしまうとでもいうように、次々に説明と物語を繰り出して、ぼくはそれを聞きながら、頭の中でこの先の数週間の約束ややるべき事を思い出し、ぼくのこの国は、これまでもこれからもぼくを驚かせ続けるだろうと思った。即座に引き受け、二週間後、そこに向かって旅に出た。

その〈自由墓地〉は山道のカーブ沿いに位置していた。まるで訪問者に車を止めてほしいかのように、道路脇で隆起しているような小さな丘だった。墓地は、不信心な者たちによって一九三〇年代に考案、あるいは創造されたものだった。その大多数はフリーメイソンで、教会で受け入れてくれない人たち――無神論者、共産主義者、売春婦、自殺者――の遺体を安置する場所を建造しようとしたのだった。そのうちの一人、この抵抗の場所を建てるアイディアを出した張本人は、ブラウリオ・ボテロといい、そこには彼の胸像が立てられ、樹々の下からぼくを迎えてくれた。そこに着いたとき、こぬか雨が降っていて、冷たい風もときどき横切り、突風が吹くたびに気温を五度ずつ奪っていったのだが、ぼくはそういうことはまったく気にしなかったし、不快でもなかった。ぼくを魅惑するものは、さまざまな要素によって揺るがなかったのだ。すでにそのときまでに、ブラウリオがどのような人かは知っていた。彼の叔父バレリオ・ロンドーニョは、生涯を通じて司祭に対し抵抗の声を上げ、子どもの教育が教会に奪われていることを非難していたが、その彼も一九二八年ごろ没していたことも知っていた。当地の主任司祭、マヌエル・アントニオ・ピンソンは、ロス・アンヘレス墓地にロンドーニョが埋葬されることを拒み、そこでブラウリオは、自由思想の持ち主にして無神論者の叔父を受け入れてくれる場所を探そうと一帯を旅して回った。彼が知るのが遅すぎたことがあった。主任司祭のピンソンはその一帯のすべての教区、フィンランディアからカラルカーまで電報を打って、いかなる場所も遺体の受け入れという冒涜をなさぬように手配していたのだった。遺族は遺骸と一緒にシルカシアに戻り、敗北の儀礼としか言いようのない儀礼を催して、自宅の庭に埋葬した。

ブラウリオ・ボテロは挑戦に応じた。父親からの贈り物だったが、ふさわしい土地を手に入れ、建造にかかる五百ペソを集めるために舞踏会とバザーを開いた。自由派を強く支持する婦人たちは、彼女たちの母親たちがこの前の内戦時にしたように宝石類を寄付した。ただ彼女たちは自分たちの名前が寄付者として公にされないことを望んでいた。ドイツ人の建築技師は一ペソも受け取らずに工事を監督した。墓地の創設者が永遠に立っていられるように、垂直の丸天井つきの墓所を四つ建て、ぼくが別のところで見たのと同じフリーメイソンのシンボルで装飾を施した。（その代わり、十字架や聖人像、聖書から引用した節はどこにも見あたらなかった。）そのあと、創設者ボテロのフリーメイソンでの位階を知った。彼は〈白と黒の鷲のカドシュの大騎士〉だった。ホルヘ・エリエセル・ガイタンが一九三〇年代初め、つまりコロンビアの大統領が四十四年ぶりに自由派に戻ったときに墓地を訪れていたことも知った。最初にそこに埋葬されたのはルター派のドイツ人で、その土地のカトリックの男によって薄暗い街路で滅多刺しにされて殺されたことも知った。その代わり、いちばん最近埋葬された者が誰なのかはわからなかった。

ノートにメモを数ページ分書き、墓地の小道を掃いて像や墓石を綺麗にしている男と三十分ほど話したあと、立ち去る前に、墓地の壁まで歩いた。子どもたちが遊んでいる騒ぎが気になった。その騒ぎはあまりに近くから聞こえたので、ぼくの好奇心はそそられなかったが、墓地の中にしては遠かった。そのときぼくは白い壁の向こう側、無宗教者や不可知論者、あるいは恩知らずの亡骸から数メートルのところに、子どもの遊び場があるのを発見した。まさにそういう場所だ——肌に錆の臭いを残すブランコや滑り台やシーソーのある場所。その隣接性をめぐってぼくの頭の中ではあらゆる種類の馬鹿げたメタファーが生まれたが、ぼくは賢明にもノートには何も書かなかった。いざ帰ろうとして、壁から離れようとしたとき、世界のどこにも見たことのない習慣から根元が白く塗られたナンヨウスギの樹の横を通り、樹の幹に銅のプレートが付いているのに気づいた。

アウレリア・デ・レオン
（一九一五―一九四九）
彼女の墓は
この場所の近くにあった
《多くの音楽をもたらすのなら、黄泉の国で歌われますように……》

碑銘の下、プレートの右隅に消えかかった〈一九七三〉という年号が読み取れた。プレートのすべてが謎だった。なぜそこにアウレリア・デ・レオンの墓があって、もうそれがないのか？　どうしてそんなに若くして死んだのか？　どうして何年も過ぎてから、そのプレートが置かれたのか？　それを誰が置いたのか？　そのフレーズはどういう意味なのか？　ぼくはすぐにわかった。出典は「無礼者への訓戒」、ぼくにとって世俗の祈りのような詩のひとつだった。背景をもっと知ろうと詩句を携帯電話で検索して（この種の装置は、そこにいつでも答えがあるために、ぼくたちの習慣から忍耐と記憶の力を追放した）、いくつかのサイトにレオン・デ・グレイフによるその詩の全体が、また別のサイトでは一部や要所が抜き取られて載っていた。人気のある詩に起こりうる危険だ。そのときさらに、画面を下にスクロールしていくと、詩人レオン・デ・グレイフのことではなく、その詩句をエピグラフに置いているスペイン語で書かれた本のことを話題にしている文章が出てきた。その本のタイトルは「歌、燃えあがる炎のために」、刊行年は一九七五年、著者はグスタボ・アドルフォ・デ・レオンという男だった。

そしてぼくは調査をはじめた。

アウレリア・デ・レオンが寮での歳月をどのように送ったのか、ぼくは発見できなかったし、現在まで発見できていないのだが、想像では、騒然とした思春期、誘拐された者が自由を取り戻したときと同じような世界への出発だったと思われる（そのあと起きたことから鑑みるに、こう想像してもおかしくない）。その一方で調べがついたのは、彼女の祖父が、彼女が寮生活を送っているあいだに自然死で亡くなったこと、そしてアウレリアがロス・アンヘレス墓地での埋葬に参列するために、ヌエバ・ロレナに戻ろうともしなかったことである。高校を出ると、窓越しにしか知らない街であるボゴタにそのままとどまるのを選び、学友ソレダー・エチャバリアの家族のもとに身を寄せた。修道女を相手に戦い抜いた二人の女帰還兵（彼女たちは自分たちのことをそう呼んでいた）として、互いを理解し、守り合い、お互いに離れなかった。彼女を引き取った家族は、ヨーロッパ出身の若い娘と同じ屋根の下で暮らすことが誇らしくて仕方なかった。アウレリアはまもなく、彼女の出自、彼女の母語、そして青い目を用いる方法を学び、欠けている血統をほのめかすようになった。その点において、しかしその一点だけではないが、彼女は優れた生徒として、すでに自分のものであるこの社会の動き方を理解していたのだった。

エチャバリア家は、英国式の家、まるでこの街で雪が滑り落ちる必要があるかのように尖った赤い屋根の家が並ぶ街区に住んでいた。その屋敷の屋根裏部屋にアウレリア・デ・レオンを住まわせ、そうすることで一家は、彼女に教育的な、あるいは文明を授ける使命を果たしていると確信していた。つまり、これほどの目覚ましい知性をもつ若い女性が村の男と結婚するのは無駄でしかない、と。エチャバリア氏は三つ揃いのスーツに手袋、傘を忘れないような技師で、街で生まれたということもあって、街以外の生活があることや、大地を降りて荒れ果てた場所に出て、腋の下が薄汚れて必要以上に肌をさらしている、見も知らぬ人たちと共同で生活するのも快適だということを理解できなかった。彼は常々アウレリア・デ・レオンに対して、街の美徳についての宗教的あるいは政治的な言説を聞かせた。この首都に彼女にふさわしい夫がいる。それは、ワインやビザンチンの歴史について蘊蓄を傾け、それでいて良い帽子を買えるマンハッタンの店も知っているような男だった。もしキッチンから妻が、そんな大袈裟にしないで、緑色の帽子だって良いものはあるわ、と言おうものなら、彼はこう返すのだ。おまえ、緑だって？　それじゃあまるで森の番人じゃないか。

数カ月もすると、アウレリア・デ・レオンは家族の一員になった。最初はソレダーの付き添いだったが、独身の男たちがソレダーよりも彼女に注目していることがわかると、そうではなくなった。アウレリアは自分の美しさを、我々が急いで外出しようとするときにさっと羽織るショールのように、ぞんざいにまとっていたが、別のことにも気づきはじめた。社交的な会合、日曜日のアヒアコ料理の夕食会や、女主人がティータイムに開く集まりで、アウレリアは輪の中心にいるようになった。それが居心地の悪いものではないことを発見した。父親の死の物語を、まるで自分がアルトワの塹壕にいたかのように、適切に選びだした細部やふさわしい会話を使って色づけした。母親のアメリカ大陸への旅も、母親の病と死も、聞き手――持っているティーカップがソーサーの上で絶妙のバランスを取っているあのご婦人たち――が最後は決まってすすり泣くように語ることができた。アウレリア・デ・レオンはこれまでに感じたことのない快楽を発見した。全員の目が自分に注がれる快楽。自分の物語のために生まれる静けさの快楽。聞き手がはっと息を止め、椅子で体がぴんとなり、スカートの上で両手がそろえられる快楽。彼女は女たちから注目を浴び、自分の体が大地にしっかり定められたかのような、一種の新しい密度を感じた。ときどき男が出席する会合があると、エチャバリア氏は彼女に人生について語らせようとして言った――さあ、あなたの人生のお話を語ってあげなさい。するとアウレリア・デ・レオンは男の目線が変わることに気づき、自分はそれが好きだったが、女の目線もまた変わり、敵意に満ちて、腹黒く、詮索するようになることにも気づいた。

それは発見の歳月だった。日ごとにアウレリア・デ・レオンは自分自身を見いだした。あるいは、ますます自分の好みとなるように自分の物語を発明していった。各紙こぞって彼女を取りあげた。記者たちは社交サロンで、詩人の講演会で、あるいはサン・ビクトリーノの家での撮影会で彼女を不意打ちして取材した。アウレリア・デ・レオンは、ホルヘ・エリエセル・ガイタンを支援する委員会と一緒に、「自由派の女性たち」というキャプションで紙面に登場した。ソレダーの父は、そういう仲間と一緒にいることをよく思わず、控えめな言い方だがこのように言った——この羊の皮をかぶった外国人は悪い影響を及ぼしているのではないか？　雑誌『クロモス』の女性欄では、アウレリアがその当時入念に秘密にしていたことが暴露された。

新しい面々

ボゴタのジャーナリズムはまだ男たちの手に握られているのか？　少なくとも一人の大胆な女性がそうではないことを証明しようと懸命になっている。『エル・エスペクタドール』紙の読者はご存じないかもしれないが、彼らが毎日目を通している社交欄を担当しているのは、アウレリア・デ・

レオン女史である。フランスに生まれ、ある時期から我らの社交界をその美貌で飾っている。デ・レオン女史が我々の身の回りの出来事を記録しているのだ――誕生、死、誕生日、社交界の著名人の病について。もちろん結婚も！　紳士諸君にお知らせしよう。彼女の姓が誤って伝えてしまうのだが、デ・レオン女史は独身なので、立候補されたし。見落としてよい女性でないことは保証する。

それは愚かな仕事ではあった。そこでは名家の淑女はいつもベッドにいて、紳士はいつも実りある出張から帰ってくるからだ。しかし彼女は気にしなかった。アウレリアは新聞社の編集部にいて、タイプライターとライノタイプに囲まれていたからだ。その記事は間違っていなかった。アウレリア・デ・レオンは見落とされていなかったからだ。それが彼女は好きだった。彼女が部屋に入ると声が小さくなるのが好きだった。向こう端から多くの人の肩越しに見つめられるのが好きだった。彼女に話しかけようと、人が部屋を渡り歩いてくるのが好きだった。そういうことをした一人、向こう端から彼女を見つめて部屋を渡り歩いてきた一人は、四十歳ほどの、蝶ネクタイにヘリンボーン柄の上着、縁が透明の眼鏡をかけ、大戦争についての小説を発表したことで、メディアで取り上げられたばかりの男だった。アウレリアは彼の写真を見たことがあり、そのときも同じ上着を着ていた。私の父は戦争で死んだの、これがアウレリアが彼に言った最初の言葉だった。はい、それは聞きました、と彼は言った。だからあなたと話をしにきたのです。それだけ？　彼女は訊ねた。そうですが、それに小説を一部献呈したくて、と彼は言った。もしよろしければ。そして付け加えた。実はいまは手元にないのです。だったら、と彼女は言った。もう一度会わないといけませんね、だって私はあなたの本に大いに関心があるので。コロンビアのレマルク、と記事に書かれていました。素晴らしい賛辞ね？　むしろ挑戦的です、と彼は言った。というのは、ごく小さな違いがありますから。レマルクは戦争に行きました。こんなことを英雄のお嬢さんに言うのは恥ずかしいのですが、ぼくはピストルの撃ち方も知りません。どうか軽蔑しないでください。

アウレリアはそのとき、飲み物を持っている彼の腕に、想像よりもはるかに柔らかいヘリンボーン柄の上着の布に手を載せ、いいえ、決して軽蔑なんてしませんわ、と言っている自分を発見した。

二人は中心部のホテルで、ほとんどいつも昼食の時間、疑いをもたれずにそれぞれの居場所を留守にできるときに会うようになった。男はパブロ・ドゥラナといった。十五年前に結婚したが、彼は最初から良心が痛んだ。というのはその結婚は愛によるものではなく、妻の財産で自分がしたいことをするための結婚だったからだ。彼のしたいこととは、いかなる義務によっても人生を台無しにされずに本を読み、文章を書くことだった。しかしどうしても避けられずに三人の子どもをもうけ、子どもたちのおかげで、あるいは子どもたちへの罪悪感ゆえに、その結婚を続けていた。嫌でたまらないが、払いが良い仕事を我慢しているのと同じだった。そしてそのあいだを利用して、自分の名をあげてくれる小説の準備をしていた。急がず、と彼は言った。でも休まずに。

彼はこうしたことをすべて、長いささやき声で言った。アウレリア・デ・レオンはどちらかといえば知りたくなかった。実際、男のことも、男の人生についても知りたくなかったし、もしもう一度、一からはじめられるのなら、名前さえ聞かずに愛人になっただろう。パブロと会うことは一つの発見、他人の肉体と自身の肉体の発見で、言い寄ってくる面倒な男たちを追い払う言い訳にもなった。もっとも彼女は、パブロがいなくても、独身男たちが決して知り得ぬ秘密の理由を使って追い払っただろう。

パブロとは本について語り合えた。ホテルの外では、窓を痛めつけ、七番街を小川に変えてしまうボゴタのあのにわか雨が降っていた。そのあいだ、アウレリアは毛布の上で裸だったので、寒さで毛穴が全部塞がったまま、プルーストとコレットについて話したものだった。すると翌週パブロは、〈世界書店〉の新刊棚——その時点で出てから二、三年が経過している新刊——で見つけたクリーム色の表紙の本を持ってきたものだった。この男の行動は予想ができるところがいじらしかったが、アウレリアは自問したものだった——もし一人で近くのカフェ、例えば〈グラン・ビア〉に行って、ウェイトレスだとは見られず、テーブルの間を通る男に触られもせず、リキュール入りコーヒーを飲んで、ピアノのそばに立って朝の二時まで詩を朗読できたなら、果たして彼と会い続けるだろうか、と。その答えははっきりしなかった。ただ確実なことが一つあった。それは、彼が彼女のことを真剣に考えていないとしても、真剣に考えているふりを完璧に装っているということだ。同時にアウレリアは、百メートル程度のところにあるカフェ〈アウトマティコ〉や〈ウィンザー〉で何かが起きているという思いを忘れられなかったし、アウレリアはそれが起きるのを目にしてもいなかった。カフェには記者や詩人が集まっていた。街が語られる場所はカフェだった。そしてアウレリアはそこにいなかった。彼女なら別の物語を語れただろう。かつて多くを語ったように。彼女はそれをしていなかった。それがどうだというのか？

ある午後アウレリアは、一ページの原稿、若者が医学を学びにパリに行き、ヘスシータという女性が神の恩寵によって善き生へと旅立った内容を書き終えると、レターヘッドのない紙をタイプライターに通し、自分の新聞社に宛てて手紙を書き、編集主任のデスクに置いた。その手紙は翌月曜日、『エル・エスペクタドール』紙の窮屈そうなコラム欄、隣にはコートメーカーの〈エバーフィット〉の広告、その上にはボリーバル広場の樹々花々の消失を嘆く声に挟まれて掲載された。手紙は切り詰められていたが、そしてそのことを表す省略記号ではじめられていたとはいえ、アウレリアは満足だった。

……全世界で女性たちが選挙権を得ようと戦っています。ここボゴタ、灰色で美しいボゴタでは、夕方のカフェに入る権利さえあれば、私たちは満足するでしょう。私たちの貞淑な目では見ることのできないこれらの場所には、どんな秘密の世界が隠れているのでしょうか？　そういうカフェでは我が街の知的な生が営まれているという話です。しかしよそから来た、濁りのない眼差しと明晰な判断力を持った女の訪問者がいたとすれば、彼女は、そんな知的な生は、それが営まれている場所と同じように、ただの煙にすぎないことに気づくでしょう……

その日の午後、編集主任は彼女をオフィスに呼び出した。で、それはなんだ？　彼は訊ねた。アウレリアは、四時を過ぎてもまだポマードが生き延びている彼の黒髪を見て、名前を知らないプラスチックの腕輪をしていることに気づいた。コラムを書かせてください、彼女は言った。つまらない仕事を一年やって、もう疲れました。私には言いたいことがあるので、それを言いたいのです。これ以上、時間の無駄をしたくありません。

編集主任は太い縁の眼鏡越しに彼女を見つめた。アウレリア、と彼は言った。間違わないでくれませんか。あなたの年齢になったらもう言いたいことなんてありません。でも好きにしたらいい。気づくでしょう。明日までに何か書いて持ってきてください。それで何ができるか考えましょう。

アウレリアはおどけた口調で「失われた女を求めて」と題した、嫌味というよりは皮肉を込めたコラムを書いた。編集主任には渡さず、彼がオフィスを留守にするのを待ってから原稿を残しておいて、そのあとは、それ以外の仕事、エル・ベナード地区での舞踏会について、長い金髪を三つ編みにしている少女の初聖体について書くのに没頭していたので、忘れてしまった。

翌金曜日、パブロと別れたあと、シャワーを浴びてから、もう一度毛布のあいだに潜り込み、朝から身にまとわりついていた疲れが取れるあいだ、髪が乾くのを待った。そんなふうにして頭をタオルで包んでいると、眠ってしまった。目が覚めると、ほぼ夜だった。エチャバリアの家で食卓の準備が進んでいるので、急いでいたが、七番街まで一ブロック歩いて屋根裏部屋まで運んでくれる路面電車を探すのではなく、気づかぬうちに北部に向かって歩いていた。降ったばかりの雨は路面電車のレール際に水溜りを作り、アウレリアは、通り過ぎる車に水をはねかけられないように建物の壁にくっついていた。ヒメネス通りの角を曲がり、ソトマヨール・ビルに向かって歩くと、そこに着く前から騒ぎが聞こえてきた。スモークグラスでできたショーウィンドウのようで、すべては中で起きていた。入ろうとしたが、ガードマンが手のひらを見せた。入れません、彼女に言った。彼女はそれでも入ろうとしたので、ガードマンは付け加えた。女性用のトイレもありませんよ。

気にしないわ、彼女は答えた。私はいつも立っておしっこするから。

茂みの中を進むように入った。煙が目にしみた。揚げたエンパナーダの匂いが鼻についた。すると、スピーチをしているような、他の人びとを圧倒する透明な声が聞こえた。彼女は思った。違う、誰かが詩を読んでいるのだ。そのとき彼女は、ある男が、彼女が書いた言葉を、瓶がたくさん載ったテーブルの周りにいる少数の聴衆に向かって、ふさわしい抑揚をつけて、読み上げているのだとわかった。

女はどこにいるのか？　私のもとには、あちこちから、まるで一角獣のことであるかのように女たちの話題が届いてくる。その証明に、例をひとつ挙げよう。偉い人たちが夏を過ごしに行くパイパの温泉で起きた逸話だ。誰もが認める美人がプールサイドにやってきて、身を覆っていたガウンを脱ぎ、ヨーロッパのビーチで流行中の黒いビキニを見せつけたものだから、大騒ぎになった。市長はただちに下役の一人を呼びつけて、耳元でなにごとかをささやくと、その下役はプールにとって返し、みんなが見ている中で、問題の女性に近づき、相当大きな声で、明らかに屈辱を与えようとして言った。

「セニョリータ、市長さまからお伝えします。ここではワンピースの水着しか認めておりません」

若い女性は立ち上がってプールサイドに近づき、挑戦するように両手を腰に当てて、そこから叫んだ。

「市長さん、どちらを脱いで欲しい？」

大笑いの声が〈アウトマティコ〉の狭い空間に響き渡った。しかし自分が誇らしいと思う前、自分の存在を気づかせようと集団に近づこうと思う前に、アウレリアは胃の入り口付近に、豚の脂のような何かを感じた。存在しない女性用のトイレにたどり着くこともできなかった。二歩ほど歩いてうずくまり、テーブルのそば、彼女のウィットに富んだ文章を楽しんでいる客の足元で、別のときなら浸れるはずの沈黙に囲まれながら吐いてしまった。

アウレリア・デ・レオンはできるかぎり妊娠を秘密にしておいた。パブロ・ドゥラナには、彼を巻き込みたくなかったのと、妊娠を知らせると永遠に彼に束縛されるか、あるいは少なくともその危険があるので、なにも言わなかった。一人でいたかった。同伴者は求めていなかった。もちろんパブロに会うのをやめた。二つの冷酷な文章、男同士なら名誉の決闘になるような、模範的な戦争のレトリックで書かれたそっけない絶縁状を送った。自分でもわかっているけれど、私はつれない人間なの、と彼に書いた。つっけんどんだと思われるのもわかる、でも放っておいて。

誰にも言わずにつわりに苦しみ、エチャバリア家のトイレでこっそり吐き、大きめの服を着るようにした。あとになってそれが避けられない事実になったとき、唐突すぎる大きな変化に気づかれないようにするためだった。八週間コラムを書き続け、読者はそれを祝福し、オピニオン欄に女性の声が載ることを歓迎した。アウレリアは上司が嫌がるので、堅苦しくなったり、もったいぶったりしないように用心していた。彼らの望み、つまり読者の望みは、あの口調だった。彼女は命じられていた――あなたらしいあの口調で書きなさい、それがみんな好きなのだから。そして彼女はその口調で書いた。誰かが彼女の手に無理強いさせる必要もなかった。彼らを苛立たせるときがやがてくるだろう。だがいまは得たものを楽しむので十分。彼女の最新のコラムはよく話題になった。他のコラムでも一、二度引用された。編集室の同僚は、彼女を〈アウトマティコ〉のテーブルに招待したり、彼女の存在を受け入れた。そこには女性は一人しかいなかった。マティルデ・カステジャノスという名の作家で、恋に落ちた闘牛士を探してニカラグアからやってきた。女流詩人です、と二人を紹介した男が言うと、マティルデ・カステジャノスは訂正した。詩人とだけ言いなさい、詩人でいいのです。

そして、アウレリアが遅かれ早かれ起こると予想していたこと、起こるべきことが起きた。彼女は木曜日の夕方、レオン・デ・グレイフが何篇かの新しい詩を朗読するのを聞いたあと、煙草の煙と、息にはブランデーの残り香を漂わせ、屋根裏部屋のある家のドアを開けると、家族が全員勢揃いしていた。部屋の明かりは全部点いていた。エチャバリア氏は非難の問いで彼女を迎えた。あなたはいつまでこんなことを隠していられると思っているのですか？

彼女は何も言わなかった。状況を変え、後戻りして迫りつつあることを避けるために役に立つようなことは何も。しかし予想していなかったのは、友、ともに学んだ仲、修道女に抗して闘った女帰還兵、アウレリアがこの家に住めるようにした張本人の声に蔑みがこもっていたことだった。私たちは話していたの、とソレダーは言った。みんな、そのお腹の子はどこかほかで産むべきだと考えているわ。
つづけてこう言った。だってこの家に売春婦はいてほしくないから。

ヌエバ・ロレナに戻ったとき、アウレリアはほぼ妊娠四カ月だった。世界は変わっていた。なにもかもが小さくなっていた。コーヒー農園、粉砕器、収穫人がアグアパネラを飲むときに腰掛ける木のベンチ。農場の経営者は甲高い声をした、ズボンの裾をまくりあげた土地の男で、名前はアスドゥルバルといった。しかし姓はなく、すでに大人にも見える二人の娘を産んだにしては、かなり年若い女性と屋敷の一階を寝室にしていた。祖母ベアトリスは小枝を編んだ揺り椅子で日中を過ごしていたが、数年前から目が見えず、それが原因で、アウレリアは時たま送っていた手紙を書かなくなっていた。アウレリアは肌に正午の暑さを再び感じて嬉しかった。ウールの靴下を履かずに眠れるのも、夜明けの最初の光でベッドを出て、匂いたつコーヒーカップを両手で包み、赤い柱の二階のバルコニーに寄りかかって深々と息を吸っても、冷気で鼻が焦げないのが好きだった。それは別の空気、ボゴタの空気とは大きく異なっていた。こう言ってよければ、もっと透明感があって、違う匂いを運んでいた。子どもの頃の匂い、植物と肥料とコーヒーの匂いで、それが好きだった。説明をしなくてよいことも、彼女にそれを求める力を持った人がいないのも好きだった。この場所でなら、と彼女は思った。赤ちゃんが産める。やり直しのような、そう、二度目の機会を持っているのを感じた。ここに来たのは正解だった、そうせざるを得なかったのは、思いがけない幸運だった。

当然コラムの執筆はやめたが、寂しいとは思わなかった。自身の妊娠はもちろん、祖母を世話することに彼女はあらゆる時間、あらゆるエネルギーを費やした。その数カ月間、外の世界から離れ、ヒットラーにもムッソリーニにも無縁で、ヨーロッパの戦争に何が起きているか、またその戦争の緊張がそのまま表れている、あるいは緊張を再現しているコロンビアの政治の内輪揉めにも無知だった。コーヒーについて、新しい技術について、錆病にも強い別の地方産の品種について、コーヒーの樹に日陰と水を与えるバナナの樹の正しい植え方について学んだ。こうして、世界の外にある新しい世界の中で、日が、週が、月が過ぎていった。ロンメルのリビア到着、ルーズヴェルトの再選、ソビエトのドイツ侵攻のニュースは読まなかったし、息子の誕生日が、ドイツのユダヤ人に身分証明として黄色の腕輪を身につけさせる命令が下された日と数日違いであるのも知らなかった。そういうニュースは『エル・エスペクタドール』紙や雑誌『セマーナ』に出ていたが、そのどこにも、どの新聞の社交欄を見ても、ヌエバ・ロレナでグスタボ・アドルフォ・デ・レオンが誕生したニュースは載っていなかった。あの社交欄のページは誰が書いているのだろう？　アウレリアの代わりは誰だろう？　彼女はそんな問いを自分に対しても向けなかった。

時は過ぎた。

ある朝、祖母ベアトリスはいつものように、食堂に行くのに手伝いを呼ばなかった。アウレリアが探しに行くと、ベッドと赤い扉のあいだの木の床に、ネグリジェが腰までめくれ上がって倒れていた。アウレリアは祖母が赤ん坊を、息子の孫を見られずに死んでしまったと思ったが、それよりも、息子の孫が喋るようになる前に死んでしまい、それがなぜか、何よりも悲しいことだと思った。祖母は、ロス・アンヘレス墓地の夫の横に、黒い服が温まり背中に汗をかかせる正午の太陽のもと、埋葬された。教会と、広場に面している階段でのミサには、アウレリアがその場所で見たことがないほど多くの人が足を運んだ。村の主任司祭であるガリンド神父に挨拶をしたのはそのときがはじめてで、自分が頭ひとつ分、彼よりも背が高いことに気づいて驚いた。これほど多くの人が彼女を、そしてその子どもを見たのもはじめてで、しばしば彼らは彼女に微笑みかけ、その子に父親がいないことをはっきりと見てとった。グスタボ・アドルフォは大人の足のあいだを駆け回り、小鳥のさえずりのような片言の言葉を発していたが、それは徐々に言葉として響くようになるだろう。埋葬が終わったあと、アウレリアがヌエバ・ロレナの家に戻ってみると、家は大きく見え、愚かにも、その日の夜に祖母が別れを告げに立ち寄るのだと思いながら眠った。祖母ベアトリスのベッドには二度と誰も眠らず、アスドゥルバルだけが日中、祈りの言葉を言いながら首から下がっている金の十字架にキスをして、埃を落とすためだけに入った。

時は過ぎた。

グスタボ・アドルフォが六歳になったとき、ヌエバ・ロレナに、そこから何キロも離れたトリマの南の道で、父と母と三人の子どもを合わせた一家全員が皆殺しにされたニュースが届いた。もしアスドゥルバルがその殺された父と知り合いでなければ、彼らはそのニュースを知らなかっただろう。その殺された父はぺてん師で、別のところで運試ししようと持ち物をまとめたところだった。あっちの方では状況がひどくなっているらしい。アスドゥルバルは地面をじっと見つめながらアウレリアに言った。アウレリアは彼を落ち着かせようとした。あっちの方というのはとても遠くて、自分たちからも、ヌエバ・ロレナからも、サレントの村からも離れているわよ。彼女は、広場へ行って『エル・エスペクタドール』紙を手に入れてくるように言いつけると、アスドゥルバルは、その小さな村で午後に見つかるたった一つの新聞を手にして戻ってきた。それはコロン薬局の主人が恵んでくれた前日の『キンディオ日報』だった。大判八ページで、スータンを着た司祭の写真、チョコレート屋の〈カルダス〉と食料品店〈エル・ブエン・グスト〉の広告に挟まれた記事で、アウレリアは、確かに状況がひどくなっていることを確かめた。悲しいことに、血なまぐさい出来事が日常化しているボヤカとバジェ・デル・カウカの村の記事が載っていた。つい最近の選挙で誰かが仕掛けた罠についての記事があった。襲撃、投石、山刀を用いた攻撃についての記事があった。でもここで起こったことではないわ、とアウレリアは言った。落ち着いて、アスドゥルバル。すべて別のところで起きているのよ。

ここには気にかけるべき別のことがあった。農場、コーヒー農園、家畜。そして父とは違い、青ではなく濃い黒色をした大きな目をした少年。グスタボ・アドルフォは、アウレリアが知らない人に手を引かれてはじめてヌエバ・ロレナに着き、さらに別の知らない人に言伝のように渡されたときと、ほぼ同じ年齢だった。アウレリアは、あの好き勝手やっていた時代を思い出し、子どもにも同じ幸せを与えよう、ここでなら世界から離れているので、良い人生を送れるだろう、と自分に言い聞かせた。外の世界は醜悪だ。将来のグスタボ・アドルフォにとってはさほど醜悪ではなかったが、それでも醜悪だった。彼女の仕事は、世界が襲いかかろうとしている息子を守ることだった。日曜日、一九四八年の最初の数カ月に起きたことは、これを裏づけている。

彼女に届いた話はアスドゥルバルが語ったものしかなかったが、それが真実かどうかを疑う理由はなかった。彼は正午のミサに行ったあと、午後、悲痛な表情で農園に戻り、妻も娘たちも、アウレリアにきちんと挨拶をしなかった。サージのズボンに靴下、靴を履いたまま、アスドゥルバルはフェルト帽を取ってアウレリアに、司祭が説教でアウレリアのことを話題に出したと言った。直接名前を出したわけではないですが、誰のことかがわからない出席者はいませんでした。コーヒー農園で私生児と暮らしているヨーロッパ女といったら一人しかいませんから。私生児？　とアウレリアは言った。そう司祭さんは言いました、とアスドゥルバルは答えた。そして司祭は、モラルと善き慣習の頽廃について、その原因となる神を信じない自由主義思想についても話した。その毒が、私たちの家族の血管に流れ、私たちの子どもたちを蝕み、子どもたちは神も法も持たずに育っているのです、と。でも私生児ですって？　アウレリアは言った。そう言ったの？　アスドゥルバルは、両手で握りしめていたので皺だらけになった帽子を見ながら、何も言わずにうなずいた。

四月、ガイタンは殺された。アウレリアはボゴタで起きていることに警鐘を鳴らすラジオをつけたまま、その日とそれからの数日間、泣き続けた。アスドゥルバルも彼の家族も、そんな風にアウレリアが泣くのを見たのははじめてだった。祖母ベアトリスが死んだときでさえも、彼女はそんなに泣かなかった。アウレリアは、彼らの顔を覆う当惑、あるいは非難に気づいたが、説明はできなかった。泣いていたのは悲しいからだった。殺されたあの男と知り合いだった――一瞬とはいえ地区のサロンの撮影会で知り合った――から悲しかった。しかしそれだけではなく、別の新しい感情が胸の中で混じりあっていたからだ。ラジオは脅しと残忍なスローガンを撒き散らし、防衛と復讐を呼びかけ、歴史上最も恐ろしい犯罪行為に手を染める新しい罪人を日ごとに発見していった。アウレリアは、怪しげな音がする部屋のドアを開けるかのように、戦々恐々としながらラジオのスイッチを入れたが、グスタボ・アドルフォが近くにいると、音量を落とした。息子は見かけ以上に理解し、遊び方も落ち着きを失っていることに気づいていた。アウレリアは、実際にはそうでなくても、自分に責任があると感じた。責任は外の世界、ラジオの声を通して彼らに侵入してくる醜い世界にあった。死者は次々に増え、別の者たち、自由派、保守派、ゲリラ、準軍部隊の存在が伝えられた。こういうことは全部、別のところで起きているの、とアウレリアは、前にアスドゥルバルに言ったのと同じことを言った。しかし今度は嘘をついているのがわかっていた。なぜなら、まもなく今回のはそうではなく、戦争がはじまっているその国では、あらゆることがあらゆる場所で起き、戦争がこの辺りまで及んでくるのは時間の問題だったからだ。しかしアウレリアはいつも、暴力は、遠くにいても重い足音が感じられる動物のように警告を発し、自分はその合図を察知して遅れずに逃げ出せると思っていた。

男たちは一月の夜、アウレリアと息子が野菜スープを器からおたまで移し、板張りの床で椅子が軋んで大きな音を立てている夕食の時刻にやってきた。犬が何匹も吠え立てたにもかかわらず、アスドゥルバルも彼の家族も、連中の近づく音が耳に入らなかった。犬の吠え声が、階段を上る長靴の音を消したに違いない。そのあと、村の人が火を消しに着いたとき、その犬たちが、まるで日中のように、まだ木々に鎖で繋がれているのを見つけた（あるいは丸焦げで固くなり、足は飛びかかろうとしているかのように折れ曲がっていた）。村人たちは、アスドゥルバルがその晩もっと早めに犬の鎖を外さなかったことを嘆いた。しかし、男たちは山刀とライフル銃で完全に武装していたので、大した抵抗はできなかっただろう。連中は泥棒でも強盗でもなく、そうしたことに十分な訓練を受けた、人びとが鳥《パハロ》と呼びはじめていた一団で、南からやってくる途中ですでに死体をいくつも積み上げていた。食堂のある二階に着き、例の犬が上がってこないように夜は閉めてあるドアを開けたとき、グスタボ・アドルフォは、母親に手を調べられ、爪に土が残っていたので、もう一度洗おうとテーブルを立っていた。そういうわけで、息子はトイレから叫び声ともがく音を聞き、母親が無理矢理階段を降ろされ、家に他に誰がいるのか、他の者はどこにいるのかを問い質されているのに気づいた。グスタボ・アドルフォはトイレの窓をよじのぼり、そこを通れるように身を小さくしてバルコニーに飛び降り、その床板に体が跳ねた音に驚いたが、数秒のうちに、アスドゥルバルと家族の部屋に繋がる裏階段を降りた。ドアは開けっぱなしで部屋は空、助けを求める人はいなかった。するとさらに叫び声が、母親が言葉にできない何かに苦しんでいる叫び声が耳に入り、彼は駆け出すことしかできず、コーヒー農園に入り、できるだけ速く、しかし転ばないように両足を広げて下り坂を駆け降りて行った。小さな谷の底まで二百メートルほど降り、腕も頬もコーヒーの木の枝で肌を嫌というほど引っ掻かれ、そこから上のほう、自分の家のあるほうを見上げ、夜を明るくする新しい光を目にし、そのあと、その光は炎からなり、自分の家が夜空に灯された巨大な松明であるように見えた。

火を消しにきた人たち——アスドゥルバルに知らされたサレントの人たち——は、アウレリア・デ・レオンの死体を見つけた。犬と違って丸焦げではなかった。というのは、男たちは彼女をレイプしたあと喉をかき切って、コーヒー豆が乾かしてある箱のそばに放り出したからで、死体はセメントと煉瓦の壁で炎から守られたのだった。サレントの主任司祭はアウレリアを、神聖な土地の祖父母の墓の隣に、彼の言葉によれば「誰もが知る理由で」埋葬できないことを大いに嘆いた。アウレリアには、彼女を擁護したり、彼女の味方になって意見を言ったりする人はいなかった。正義を説き、その埋葬禁止が不正義であると説得するために、彼女の人生について詳細を語ってくれる人はいなかった。グスタボ・アドルフォにしてみれば結局のところ、母が別の墓地に埋葬されても特に意味はなかった。彼は、墓地に十字架や聖人像が存在しなかったことに気づいたのだが、それを思い出すことはないだろう。そもそも母は息子に聖人について話したこともなく、十字架が何を意味するかを説明したこともなかった。

ぼくが調べたところによれば、〈シルカシア自由墓地〉は一九五〇年代初頭、〈暴力《ラ・ビオレンシア》〉が最も激しかった時代に壊滅させられた。保守派の正規軍と、そうではない軍隊が、創設者たちを称える彫像を破壊し、墓石や記念碑をつるはしで叩き壊し、鉄製の大門を引っこ抜き、ベニウチワ樹を掘って取り除き、墓を冒涜した。別の場所に移された亡骸もあったはずだが、取り戻せないのもあった

(冒涜者たちは、可能なかぎり最大の侮辱を行なうことに労を惜しまず、また几帳面でもあった)。ぼくがナンヨウスギの樹に据えられているのを見つけたプレートは、もちろんアウレリア・デ・レオンの亡骸が失われたことを示している。ぼくは彼女の悲しい遺骨がいまどこにあるのかを知らないし、今後も知ることはないだろう。誰がナンヨウスギにプレートを据えたのかもわからないが、墓地の再建は、党派間の戦争が終わっていた一九七〇年代に進められたのを知っている。したがって、プレートの年号は示唆に富んでいる——それを据えた人は、墓地が再建されてからすぐにそうしたのだ。その人が誰だかぼくは知らないのだが、想像することはできる。ぼくは、それがグスタボ・アドルフォだったと想像する。コーヒーの樹のあいだに隠れて命拾いをし、子どもであることをやめ、大人になり、孤児であるという孤独を和らげるためにとても若くして結婚した彼。あるいは母親が自らの孤独に慣れたように、結婚しなかったかもしれない彼。しかし彼には、レオン・デ・グレイフ——彼の母親は、息子が以下の詩句を書く以前に彼と直接知り合っていた——の詩句によって、望まない同伴から身を守る強さがあった。

ぼくは一人でいることを望む。同伴者がいても癒やされない。
ぼくは沈黙を、ぼく一人の楽しみを味わいたい。

そんな彼をぼくは想像する。そう、そのイメージ、三十代になったある日、プレートを作らせ、それを母親が埋葬されていた墓地に据える孤独な男のイメージが、ぼくはとくに気に入っている。そしておそらくそのプレートによって、彼は母を思い出す。母の人生を思い出し、気がつくと、彼は本を書きはじめていたのだ。

ぼくは孤独な人間なので、
ぼくは寡黙な人間なので、
ひとりにしてくれないか。

彼は、ぼくが彼について非常に多くのことを調べたように、彼が聞いたことと、思い出すことと、調べられたことをすべて本の中で語り終えている。そして母親が好きだったに違いない詩句、ナンヨウスギのプレートに使ったのと同じ詩句を選び、それを本のエピグラフとして添えている。彼は、おそらく自費でその本を出版し、その本が印刷所の地下で傷んでいっても気にしない。彼にとって大切なのは、その本が存在することだったからだ。ぼくら火を放たれたこの国の子どもたち、思い出して調べて悲しんだあと、燃えあがる炎のために歌を作ることを運命づけられたぼくらにとって、慰めは、こうすることでしか得られないのだ。

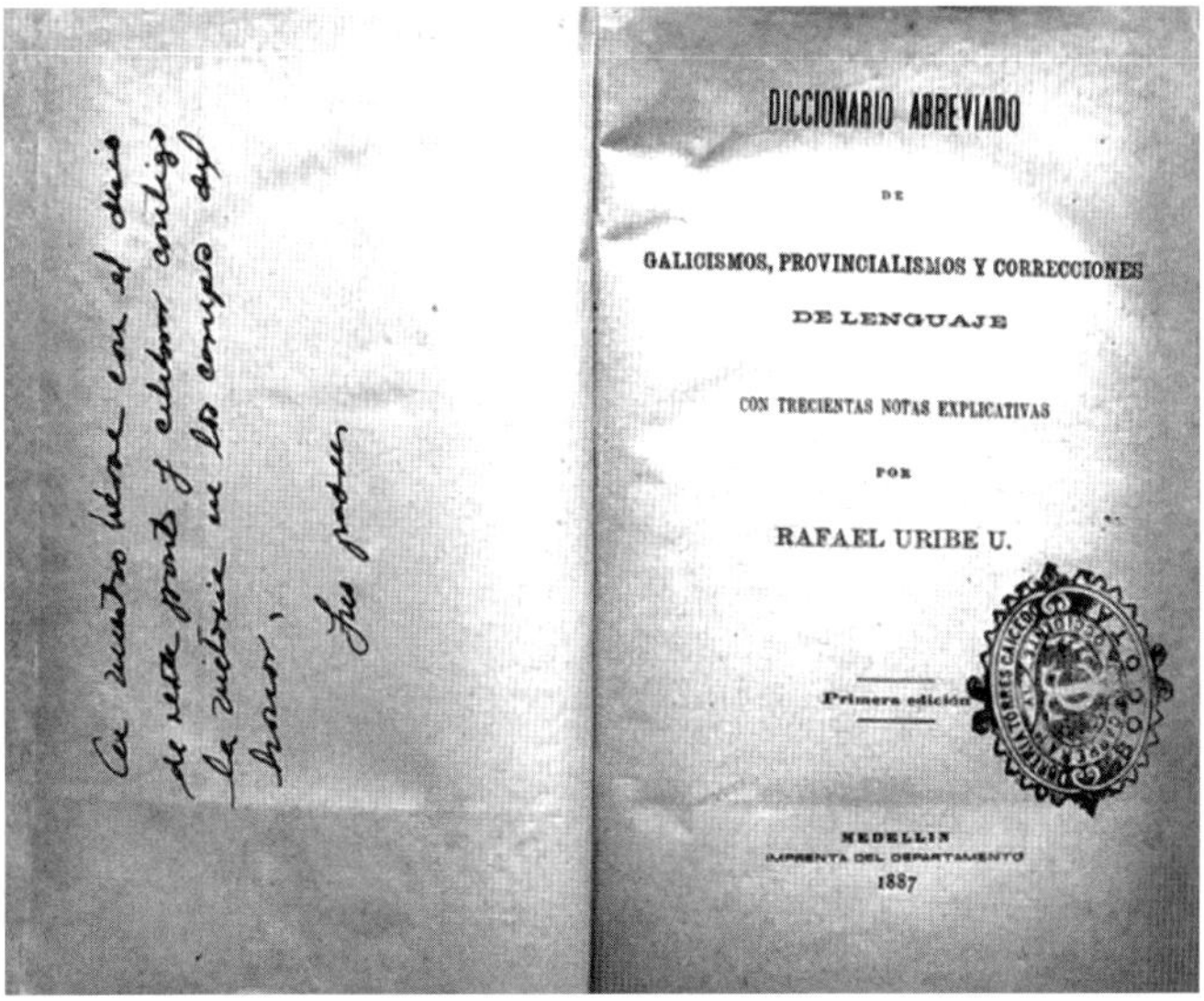

DICCIONARIO ABREVIADO

DE

GALICISMOS, PROVINCIALISMOS Y CORRECCIONES

DE LENGUAJE

CON TRECIENTAS NOTAS EXPLICATIVAS

POR

RAFAEL URIBE U.

Primera edición

MEDELLIN

IMPRENTA DEL DEPARTAMENTO

1887

© 著者蔵

著者による注記

これらの短篇のうち四篇は、場合によっては異なるヴァージョンですでに刊行されているので、この場を借りて、掲載された出版物とその編者に謝意を記しておきたい。「分身」は、選集 *Bogotá 39*（Ediciones B, Bogotá, 2007; edición de Guido Tamayo）と、選集 *Schiffe aus Feuer: 36 Geschichten aus Lateinamerika*（Fischer, Frankfurt, 2010; edición de Michi Strausfeld）に掲載された。「悪い知らせ」は、選集 *El riesgo*（Rata_, Barcelona, 2017; edición de Ricard Ruiz Garzón）に掲載された。「空港」は、雑誌 *AENA Arte*（Madrid, 2008）と、選集 *Les bonnes nouvelles de l'Amérique Latine*（Gallimard, París, 2010; edición de Fernando Iwasaki y Gustavo Guerrero）に掲載された。「最後のコリード」は、選集 *Calibre 39*（Villegas Editores, Bogotá, 2007; edición de Luis Fernando Charry）と、選集 *The Future is not Ours*（Open Letter, Londres, 2012; edición de Diego Trelles Paz）に掲載された。

いつものように、この本を最初に読み、意見と示唆と適切な判断でより良いものにしてくれたピラール・レイエス、マリア・リンチ、カロリーナ・レオヨ、アドリアナ・マルティネスに感謝する。そしてもちろんマリアナにも感謝する。彼女は誰よりも早く短篇を読んだだけでなく、しばしばくに着想を与えた張本人でもある。

二〇一八年九月、ボゴタ
J・G・V

ソウルにある戦争記念館には、朝鮮戦争で戦死した兵士を検索するデータベースが置かれている。スペイン語圏でよくある名前、例えば〈ファン〉と検索窓に入れると、六十一人の名前がリストになって出てきて、名前、所属、国籍、生誕地がわかる。うち二人は国籍がコロンビアとある。〈ホセ〉と入れると二十五人のコロンビア人、〈ペドロ〉と入れると六人。国籍をコロンビアにして検索すると、二百十三件が表示される。二〇二四年現在わかっている朝鮮戦争で戦死したコロンビア兵士の数である。

戦争記念館の展示資料によれば、コロンビアは朝鮮戦争に総勢五千百名の兵士を送っている。コロンビア大隊の第一便はコロンビアの太平洋岸の港から米国の船に乗ってホノルルを経由し、一九五一年六月十五日、釜山に着いた。戦争中、休暇で横浜に滞在した兵士もいる。

コロンビアはラテンアメリカで唯一、朝鮮戦争に派兵した国である——これは戦争記念館の正面に並ぶ石碑に記され、コロンビアの歴史書やメディアがこの戦争との関わりを説明するときの常套句だ。しかし朝鮮戦争で戦って死んだラテンアメリカ人はコロンビア人だけではない。プエルトリコ出身者もメキシコ出身者もいる。

朝鮮戦争に行ったコロンビア兵のことでは、ガルシア＝マルケスの「朝鮮から現実へ」というルポルタージュがあり、日本語に翻訳されている（『ジャーナリズム作品集』鼓直／柳沼孝一郎訳、現代企画室）。内容は帰還兵の社会復帰をめぐる諸問題を報告するもので、コロンビアの新聞に発表されたのは休戦後の一九五四年である。

四半世紀ほど前、コロンビアで朝鮮戦争に従軍経験のある男性と知り合ったことがある。しかしそのときは、私がアジア出身者だと知って教えてくれたのだろうと思うだけで、話は別のほうに進み、朝鮮戦争に話が戻ってくることはなかった。もしかするとそのコロンビア人は何かを言いたかったのかもしれない。

いま振り返ってみると、当時の私には、日本による植民地支配と無関係ではあり得ないこの朝鮮半島の戦争とコロンビア人の経験を、自分に引き寄せて考える力が欠けていたと思う。しかしその後、キューバ文学を主に研究して冷戦体制下のキューバ人について、彼らが参加した戦争（例えば、アフリカのアンゴラ内戦）について考えるようになった。冷戦終結がもたらしたキューバの経済危機について書かれた小説を翻訳する機会も得た（カルラ・スアレス『ハバナ零年』共和国）。こういう経緯で冷戦期とラテンアメリカ文学を考え直していくうちに、朝鮮戦争、ラテンアメリカ文学、東アジアの中の日本の歴史、その中にいる私が一つの線で結ばれていった。

探してみると、プエルトリコ人やメキシコ人が朝鮮戦争について書いた小説が一九五〇年代からあった。コロンビアでは一九九〇年代に出た小説もあった。こういう本を発見していく中で、ボゴタ出身でソウル在住のアンドレス・フェリペ・ソラーノが二〇一六年、朝鮮戦争を取り上げた小説を出した。そして二〇一九年、ファン・ガブリエル・バスケスのこの短篇集が出た。この作家の長篇を一冊翻訳したことがあったので、すぐに読んだら一篇が朝鮮戦争の話だった。どうにかして翻訳したいと思った。

この作家の紹介に多くの言葉はいらないだろう。一九七三年にコロンビアのボゴタで生まれ、ヨーロッパで学びながら小説を書きはじめ、これまで四冊の長篇が日本語になっている。原書発表順に、『密告者』（服部綾乃／石川隆介訳、作品社）、『コスタグアナ秘史』（久野量一訳、水声社）、『物が落ちる音』（柳原孝敦訳、松籟社）、『廃墟の形』（寺尾隆吉訳、水声社）である。本書『歌、燃えあがる炎のために』は、『廃墟の形』のあとに出た最初のフィクション作品で、すでに英訳や仏訳もあるし、書評も出ている。バスケスはこの本について、書き溜めた短篇の寄せ集めではなく、まとまりのある構成に組み立てた短篇集だと言っている。

短篇九つのうち、朝鮮戦争が出てくるのは「蛙」である。韓国からコロンビアに寄贈された戦死者追悼の仏塔がボゴタにあり、この短篇はそこで催されている記念式典を舞台に展開する。帰還兵たちが朝鮮戦争（ポークチョップ・ヒルの戦いやオールド・バルディの戦い）を回想している場面から、徐々に、思い起こしたくない過去を共有する二人に焦点が合っていく。出会うはずのない帰還兵と政府高官の娘が抱えている秘密が明かされていくプロセスは、ときが過ぎたとしても、いや、ときが過ぎれば過ぎるほど、過去が現在に重くのしかかってくることを感じさせる。バスケスは朝鮮戦争について長篇を準備中だと言っている。ということは、この作品を習作のように書いたのかもしれないし、この短篇を書くことが長篇執筆を決意させたのかもしれない。「蛙」はこの短篇集の中では、語りの形式がほかの多くが一人称で語られるのとは違い、唯一、三人称をとっている語りで、一人称が多い彼の作品を見渡しても珍しい。その意味では彼の今後を予告する作品かもしれない。

この短篇集は朝鮮戦争だけでなく、二度の世界大戦や紛争、テロや事故などの「後」を、それらの暴力による死を生き延びた人を書いている。死を乗り越えた人ではなく、死を生き延びてしまった人だ。「川岸の女」のヨランダ、「分身」の主人公、「悪い知らせ」のジョンとローラ、「空港」のポランスキー、「歌、燃えあがる炎のために」のアウレリアと息子のグスタボ。バスケス本人を思わせるような語り手が、暴力のその後を追いかける形で展開したり、当事者が語り手に語った物語の再話になっていたりする。

最初の「川岸の女」と最後の「歌、燃えあがる炎のために」は、その中でもとくにこの特徴が出ている。この二作は登場人物が重なるだけでなく、冒頭を読めばわかるように、対をなしている。「川岸の女」の語り手は、「ぼくは、その女性写真家が語ってくれた物語をずっと書きたいと思ってきた〔……〕」と言う。そして「歌、燃えあがる炎のために」では、「ぼくは〔……〕あらゆる物語を〔……〕語らなければいけない」と言う。

語りたいという欲望と語らなければいけないという義務感(ナダル・スアウ)――この二つは、作家が抱え込んでいるある種の不安であるように思えてならない。そしてこの二つの契機に向き合うことで、作家は、ただものを書いてそれで生活の糧を得る職業作家ではなく、この世でかけがえのない存在になれるのではないか。

写真家ホタの語った物語を語り手がホタに成り代わって語り直したのが「川岸の女」である(「最後のコリード」にも語り直しが含まれている)。写真家が再話を望んだ理由は、語り手によって語られた内容を一読者として読むことで、写真家自身から「こぼれ落ちていったもの」が何かわかる。あるいはせめてそれがわかりかける」からだ。当事者にわからなかったことがわかる可能性に賭けている。一方、「歌、燃えあがる炎のために」では、当事者は語り手自身である。真実が見つかる可能性に賭けて、作家としての自分が書く。

　それが歴史家やジャーナリストによるものではなく、物語《フィクション》である理由はなんだろうか。バスケスはカルロス・フエンテスを引用しながら、物語は人の経験を知識に変容させたものだと言っている。その知識は曖昧で不正確だが、その知識がなければ世界は不完全で断片的なものに、場合によっては重大なまでに欠陥のあるものになってしまう、と。さらに、物語は人間性の領域に属し、触れたり証明できたりする事実ではないもの、とも言う。歴史家もジャーナリストも立ち入れないところを書くのがバスケスの考える作家である。

　そうして書かれた物語は読者に委ねられる。その中に何かを見つけるのは読者である。物語とは、事実を記録するだけでは書ききれない何かが見つかるかもしれない望みに賭ける作家と読者の協力によって生まれる。

　文学を読んでいていつも思うのは、物語を書くこと、読むことの意味はなんだろうということだ。簡単に答えは出てこないが、バスケスの作品には、それに対する一つの答えが示されていると思う。

　バスケスの長篇の読者にとっておなじみの特徴がよくあらわれているのは、表題作「歌、燃えあがる炎のために」だろう。十九世紀終わりのコロンビアから第一次世界大戦、そして二十世紀の終わりまでを一気に書いてしまう筆力は圧倒的で、こういう既成のものをはみ出していく過剰さが彼の魅力であるに違いない。短篇集の最後の作品だが、これまでの長篇四作の後日譚のような内容を含んでいる。バスケスはこの短篇集をもって、これまでとこれからの間に一本の線を引いたのではないだろうか。

この短篇の最後には、作品内で言及されるウリベ・ウリベの本のタイトルページを写した画像が掲載されている。タイトルページの対向のページに直筆で書かれているのは、作品中、コロンビア人夫婦が息子に贈った本に添えたフレーズである。

本書は、Juan Gabriel Vásquez, *Canciones para el incendio*, Alfaguara, Barcelona, 2019 の全訳である。訳出にあたっては、アン・マクレーン（Anne McLean）による英訳、イザベル・ギュニョン（Isabelle Gugnon）による仏訳を参照した。

翻訳をはじめてから完成までに二年以上もかかってしまった。担当してくれた井戸亮さん、後を引き継いでくれた廣瀬覚さんは、訳文を丁寧に読んでくださって、励みになった。この「あとがき」は廣瀬さんとの対話を通じて書かれたものである。記して感謝します。

久野量一

著者／訳者について——

フアン・ガブリエル・バスケス（Juan Gabriel Vásquez）　一九七三年、コロンビアのボゴタに生まれる。作家・翻訳家。主な長篇小説に、『密告者』（二〇〇四年。邦訳は作品社、二〇一七年）、『コスタグアナ秘史』（二〇〇七年。邦訳は水声社、二〇一六年）、『物が落ちる音』（二〇一一年。邦訳は松籟社、二〇一六年）、『廃墟の形』（二〇一五年。邦訳は水声社、二〇二一年）、『回顧』（二〇二一年）など、主な評論に『旅は白地図とともに』（二〇一七年）、主な翻訳にジョン・ハーシー『ヒロシマ』（スペイン語訳）がある。

＊

久野量一（くのりょういち）　一九六七年、東京都に生まれる。現在、東京外国語大学教授。専攻、ラテンアメリカ文学。主な著書に、『島の「重さ」をめぐって——キューバの文学を読む』（松籟社、二〇一八年）、『ラテンアメリカ文学を旅する58章』（共編著、明石書店、二〇二四年）など、主な訳書に、フェルナンド・バジェホ『崖っぷち』（松籟社、二〇一一年）、カルラ・スアレス『ハバナ零年』（共和国、二〇一九年）、エドゥアルド・ガレアーノ『日々の子どもたち——あるいは366篇の世界史』（岩波書店、二〇一九年）がある。

装幀——宗利淳一

歌、燃えあがる炎のために

二〇二四年一一月一〇日第一版第一刷印刷　二〇二四年一一月二〇日第一版第一刷発行

著者――ファン・ガブリエル・バスケス

訳者――久野量一

発行者――鈴木宏

発行所――株式会社水声社

東京都文京区小石川二―七―五　郵便番号一一二―〇〇〇二

電話〇三―三八一八―六〇四〇　ＦＡＸ〇三―三八一八―二四三七

［編集部］横浜市港北区新吉田東一―七七―一七　郵便番号二二三―〇〇五八

電話〇四五―七一七―五三五六　ＦＡＸ〇四五―七一七―五三五七

郵便振替〇〇一八〇―四―六五四一〇〇

URL：http://www.suiseisha.net

印刷・製本――精興社

ISBN978-4-8010-0833-5

乱丁・落丁本はお取り替えいたします。

もどってきた鏡　アラン・ロブ＝グリエ　二八〇〇円
ある感傷的な小説　アラン・ロブ＝グリエ　二五〇〇円
パッサカリア　ロベール・パンジェ　二〇〇〇円
ステュディオ　フィリップ・ソレルス　二五〇〇円
環　ジャック・ルーボー　四〇〇〇円
傭兵隊長　ジョルジュ・ペレック　二五〇〇円
眠る男　ジョルジュ・ペレック　二二〇〇円
煙滅　ジョルジュ・ペレック　三二〇〇円
美術愛好家の陳列室　ジョルジュ・ペレック　一五〇〇円
人生使用法　ジョルジュ・ペレック　五〇〇〇円
家出の道筋　ジョルジュ・ペレック　二五〇〇円
Wあるいは子供の頃の思い出　ジョルジュ・ペレック　二八〇〇円
ぼくは思い出す　ジョルジュ・ペレック　二八〇〇円
パリの片隅を実況中継する試み　ジョルジュ・ペレック　一八〇〇円

『失われた時を求めて』殺人事件　アンヌ・ガレタ　二二〇〇円
秘められた生　パスカル・キニャール　四八〇〇円
骨の山　アントワーヌ・ヴォロディーヌ　二二〇〇円
小さき人びと　ピエール・ミション　二七〇〇円
1914　ジャン・エシュノーズ　二〇〇〇円
さらばボゴタ　シモーヌ&アンドレ・シュヴァルツ＝バルト　二七〇〇円
プラハのショパン　エリック・ファーユ　二五〇〇円
エクリプス　エリック・ファーユ　二五〇〇円
長崎　エリック・ファーユ　一八〇〇円
わたしは灯台守　エリック・ファーユ　二五〇〇円
家族手帳　パトリック・モディアノ　二五〇〇円
地平線　パトリック・モディアノ　一八〇〇円
あなたがこの辺りで迷わないように　パトリック・モディアノ　二〇〇〇円
デルフィーヌの友情　デルフィーヌ・ド・ヴィガン　二三〇〇円
赤外線　ナンシー・ヒューストン　二八〇〇円
草原讃歌　ナンシー・ヒューストン　二八〇〇円
モンテスキューの孤独　シャードルト・ジャヴァン

二八〇〇円
トランジット　アブドゥラマン・アリ・ワベリ　二五〇〇円
涙の通り路　アブドゥラマン・アリ・ワベリ　二五〇〇円
バルバラ　アブドゥラマン・アリ・ワベリ　二〇〇〇円
マホガニー　エドゥアール・グリッサン　二五〇〇円
憤死　エドゥアール・グリッサン　二八〇〇円
ハイチ女へのハレルヤ　ルネ・ドゥペストル　二八〇〇円
エクエ・ヤンバ・オー　アレホ・カルペンティエール　二五〇〇円
石蹴り遊び　フリオ・コルタサル　四〇〇〇円
モレルの発明　A・ビオイ＝カサーレス　一五〇〇円
テラ・ノストラ　カルロス・フエンテス　六〇〇〇円
わが人生の小説　レオナルド・パドゥーラ　四〇〇〇円
犬売ります　フアン・パブロ・ビジャロボス　三〇〇〇円
古書収集家　グスタボ・ファベロン＝パトリアウ　二八〇〇円
リトル・ボーイ　マリーナ・ペレサグア　二五〇〇円
連邦区マドリード　J・J・アルマス・マルセロ　三五〇〇円
暮れなずむ女　ドリス・レッシング　二五〇〇円

生存者の回想　ドリス・レッシング　二二〇〇円
シカスタ　ドリス・レッシング　三八〇〇円
沈黙　ドン・デリーロ　二〇〇〇円
ゼロK　ドン・デリーロ　三〇〇〇円
ホワイトノイズ　ドン・デリーロ　三〇〇〇円
ポイント・オメガ　ドン・デリーロ　一八〇〇円
これは小説ではない　デイヴィッド・マークソン　二八〇〇円
神の息に吹かれる羽根　シークリット・ヌーネス　二二〇〇円
ミッツ　シークリット・ヌーネス　一八〇〇円
ライオンの皮をまとって　マイケル・オンダーチェ　二八〇〇円
メルラーナ街の混沌たる殺人事件　カルロ・エミーリオ・ガッダ　三五〇〇円
地獄の裏切り者　パーヴェル・ペッペルシテイン　二二〇〇円
オレデシュ川沿いの村　アナイート・グリゴリャン　三〇〇〇円
欠落ある写本　カマル・アブドゥッラ　三〇〇〇円

［価格税別］